七寸帖

梁楓——著

前言

這本書以庚子年新冠疫情為界，分為《上輯：世界的花園》和《下輯：百日大隔離》。

疫情也是我個人生活中的一道分水嶺。在此之前，我和很多人一樣，有著在世界的花園裡恣意穿行的前半生。新冠疫情爆發後，一切忽然靜止下來，人彷彿塵埃停在半空。當大半個世界處於「居家令」之下，一種集體性的孤獨突襲了人類。

從2020年3月中旬至6月底，我在美國南方北卡羅萊納州小鎮上的家中，經歷了整整一百天的大隔離。每天黃昏，完成了一天的工作之後，我用詩記下這一日的感觸，有焦慮，有孤獨，也有難得的靜謐和內省。

我的書房右側有三面窗，每日夕陽斜照，鳥兒成群飛在暮光裡，婉轉啁啾。禁足的日子全憑一方小院散心，有三株紫薇，開花時一深紅，一水粉，一雪白，相映成趣。南方五六月多雨，空氣清新，直入肺腑，更有梔子花香，月上梢頭，此中有深意盎然。

庚子年民生多艱，我心如億萬他者，深受煎熬。薄薄一冊，也算記下了這段特殊的歷史，以及交織其中永恆的生命底色——關於藝術、自然與愛。

這一年，很多人的生命經歷了斷裂、拷問和重生。作為倖存者，讓我們以詩歌紀念。

2020年6月

詩藝四題：袒露、剔除、博愛與再造

寫詩的人，是天下最勇敢的一群人，因為詩本質上是一種「袒露」的藝術。在紛繁的隱喻、意象、修辭和敘述之下，總能觸摸得到詩人自己那一顆怦然跳動的心，散發著來自肺腑的溫熱腥氣，與這世界聲氣相求，歌呼唱和。這唱和中有溫柔綿密的爭取，有深遠艱澀的求索，也有向隅難言的憂憤，和貫穿生命的漫長告別。一切謊言、偽裝、誇張和矯飾，都不得入侵詩歌的領地。詩因此成為一門天真而深刻的技藝，非赤子之心不能得，非滄桑之後不能語。血肉之軀于常人則為鎧甲，求其愈鈍；于詩人則為「經世」之感應器，每個毛孔都保持著打開的姿態，風霜可染，雨雪可侵，詩人有的是赤膊上陣，照單全收的一腔孤勇。

寫詩的人，也是天下最嚴厲的一群人，因為詩同樣是一門「剔除」的藝術。慣性的說辭、俗套的傳播以及時髦的翻譯體總在無孔不入地滲透我們的寫作。漢語詩人要對「歐式絮叨體」、「維多利亞式氾濫抒情」保持足夠的警覺。一首詩中，總有要上下打通的七寸要害、隱秘機關，但在飛起臨門一腳之前，詩人卻不得不踩在日常語言的沉渣碎屑上。在雙腳和大地之間，永遠橫亙著這一層令人心碎的隔斷，稍有懈怠或不慎，就難免腳底打滑，力道盡失。日常語言的鬆散瑣碎、油膩綿軟、似是而非，構成了「詩奔向詩」途中的路障。只有奮力撥開表層枝葉，甚至剪除一切可有可無之物，才能讓深處那潔淨清白、說一不二的語言之骨得見天日。

寫詩的人，又是天下最「博愛」的一群人，因為詩終究要吞吐天地靈氣，吸納四方滋養，才能長出一身豐腴骨肉。好詩有繽紛的內裡，每剝開一層有一層的驚豔，每剝開一層也有一層的悲憫。詩人之眼總能穿透尋常物事，見其體內被凝固、被封鎖的靈魂，有與人同樣的掙脫、袒露、長歌當哭的欲念。詩中的主體與客體，「言志」與「格物」之間無需清晰的界限，反而在彼此關照中更見天地與眾生。正因為有對尋常事物的體恤，太陽底下才能日日有新事，詩人筆下才能時時有新意。這詩意衝破形形色色的軀殼，在每一個出其不意的瞬間撞擊人心。

本時代的漢語詩歌，在我個人有限的閱讀經驗中，似乎更顯深刻和凝練。過去的二十年裡，在一個相對更為開放和平穩的生存環境中，漢語詩人們得以有更多靜觀、反思、選擇和中外交流的機會。而譯詩，是一種「再造」。脫胎于唐詩宋詞的漢詩語言，天然具備更高的密度，更為精煉，更為緊襯。中式審美講究字字珠璣，飽滿圓潤，如落玉盤。相比之下，英文以邏輯清晰為本源和要務，凡修飾限制、主從歸屬、轉折連接處，多半要交代清楚，含糊不得。如何讓譯詩「繃緊」，此為挑戰之一。其次，中文有抑揚頓挫，高低起伏，英文有唇齒並用，長短音交織，重音錯落有致，母音輔音開闔自如，別有一番纏綿不盡之意味。如何借鑒，此為挑戰之二。此外，東方審美含蓄細膩、靜水深流的特質，再加上好詩特有的氤氳繚繞，無形可依、卻又無孔不入的力量，要求譯文從技術層面脫身出來，呈現整體的精神氣韻和美學氣息，此為挑戰之三。此三大挑戰——密度、聲調、氣息——一旦攻克，漢詩的美學共鳴度將大大提升。

我一直是個駁雜之人，少年負笈遠遊，半生四海為家，所見所想凝為薄薄一冊，願有緣者得而惜之。

2019年11月28日

倫理視域下的詩學辨認
——梁楓詩作管窺

張丹

在梁楓的詩作裡，我們遭遇了幾個現代詩歌的基本命題，即詩學與詩在詩中的關係；在此設定下，詩如何通過詩學的眼光所創設的空間，聯結了愛與世界；以及，何以如此。

就詩學與詩在詩中的關係這一問題而言，詩學在廣義上指向了文學哲學，在狹義上則指向詩歌理論。就詩學的狹義一面而言，這一問題本可以以「元詩」這一術語帶過，但筆者之所以儘量地對這一命題進行一種描述性地呈現，正是因為從廣義的指向來看，筆者在梁楓的詩歌中發現了其明顯超出元詩這一術語的部分。在梁楓詩中，即便元詩，也超出了元詩的本意，即以詩論詩，詩人寫作帶有明顯的詩學色彩的詩歌，目的卻並不在於理解詩為何物，而在於理解詩的功用，而這已經指向了廣義的文學哲學的範疇。我們還是由詩說起。在其《七寸帖》一詩中，「一首詩嵌入嚴絲合縫的生活＼它必須扁平而鋒利＼必須屈身、附身、甚至委身於不相干的事物＼它幾乎是旖旎的＼像蛇行者即將被命中的七寸＼它柔若無骨＼須盤桓回轉，才得方寸處容身＼針尖上的刺繡，麥芒上的露水。」這是詩人給予詩存在之形態的一個描述，通過這樣的描述，我們可以得出這樣的理解：詩，是一件從不可能中生成可能性的事情。詩是艱難的。因此寫作詩歌，是一份尤為苦心的營造：「為這些轉瞬即逝的事物耗盡了畢生氣力

＼惟四壁垂直，頭頂明月高懸如孤膽＼我們踮起腳尖，經年累月游走於城牆內的鋼絲＼從不談論各自心尖兒上的刺。」這種營造則並非為了完成一首詩，而是指向了別的目的：「全憑這首詩，走漏給人世＼些許風聲。」詩人苦心營造一首幾乎是不可能的詩歌，其目的在於，向人世走漏些許風聲。這裡，這首詩便躍出了探討詩為何的問題，而是指向了詩何為。我們據此反覆地想，詩的寫就，是為了走漏出風聲。詩僅僅是走漏風聲，而不是全盤托出。風聲指示了什麼？

另一首《編年史》向《七寸帖》的「風聲」提供了理解的背景和同樣的隱喻性疑問。詩中的編年史無疑是一部現代意義上的編年史，充斥著「一元性的時間」「勻速前進」「隨機之美」「故事點點皆碎片」，這樣的表述，設定了詩人書寫的現代性背景。線性時間以及在線性的、進步的時間意識中，舊有時—空的定位功能被削平，帶來精神的扁平化和價值的去中心化的世界。在這樣的世界中，詩做什麼？我們可以在此看出詩人的詩學出發點——「苦苦尋找那根缺席的＼打通因果的脊柱」。這裡脊柱指向本體（或本質），詩人作詩旨在尋找這一本質性的物。本質則處於缺席的狀態，但正是由於其缺席（不可能），才有了吃力地尋找這一堂吉訶德式的冒險行為。詩人的詩作這時就表現出十足的對抗姿態，其對抗的物件乃是虛無，路徑是歌唱。按海德格爾之說，詩歌的本意乃是歌唱，歌唱的本意乃是對話。詩人歌唱，是為了建立與世界和他者的聯繫，再進而返還自身，重新理解生命。

帶著這一背景，我們回到《七寸帖》中，風聲指示了什麼？

風聲指示的是既在詩中，又超出了詩的那些因素。是那些通過否定進而實現肯定的因素。否定詩的可能，因而肯定作詩；否定詩到自身為止，肯定詩對世界的對話與交流。這些因素實際上關係到了現代詩人寫作詩歌的使命，或者說，關係到了我們在理解現代詩歌時，實際上想要理解什麼的問題。阿蘭·巴迪歐在其《哲學宣言》一書中，為哲學存在設置了四個前提，分別是數元、詩、政治創造和愛。[1]這幾個前提自哲學發生之初便一直規約著哲學的判斷。按照他的辨認，哲學的對現代進行確認路徑這樣的，伽利略事件將無限帶入數之中，法國大革命則將歷史—政治帶入了共存的可能性中，然後是詩，通過尼采與海德格爾反柏拉圖的反作用回歸前蘇格拉底時期，對思想起源進行翻新。作為被設置為哲學存在前提之一的詩歌，在現代世界變得實際上更為重要了，詩與哲學在現代的切近與縫合，保證了兩者的存在和價值。「在今天，思想處在詩人的前提限定之下。」[2]也即是說，在詩人那裡，保留了讓思想反轉的前提條件，保留了對存在的追問（而非存在本身）。因而，這一要走漏的風聲，正在於此，它之所以不是全盤托出，乃是因為其要托出的存在業已終結，而詩人通過走漏風聲，保留了對存在的追問。

我們剛才所做的工作是對梁楓詩歌的現代性及詩學性做出基本的梳理和建構。這種梳理和建構無疑帶著濃重的倫理色彩，接下來，我們繼續將她的詩作放在倫理視域中去考察，即詩如何通過詩學的眼光所創設的空間，聯結了愛—世界。詩人在自己的

1 巴迪歐著藍江譯《哲學宣言》，南京大學出版社2014年版，第14頁。
2 巴迪歐著藍江譯《哲學宣言》，南京大學出版社2014年版，第28頁。

創作談中，認為詩人應當博愛。她的理解中，博愛並非什麼都愛的意思，而是一種愛世界的能力和方法。這種能力與方法應該成為詩人的基本素養。因此博愛即是愛，同時將愛的對象指向了世界，在指向世界之時，愛又回到了自身。詩人強調博愛，其實是在強調其與世界溝通建立聯繫的方式。現代世界的要旨是主體。主體在現代的過分膨脹，實際上阻斷了人與世界、與自然、與他人、與自己的聯繫。孤獨感與隔絕感正是在此基礎上建立。在此意義上詩人強調博愛，便具有了更新更深，也更有拯救色彩的意味。然而在具體的思路上，梁楓的博愛路徑回溯到了中國古人在主體與物之間發明的兩種關係：感物、格物。感物言志，格物致知。是古人愛世界的兩種方式，這兩種方式在古典詩歌中為我們製造了一個龐大的慰藉系統。我們當然可以在現代意義上去重新發掘其新意。如其在《中秋失物帖》一詩中所表現的對物的新的感受和認識那樣，物質雖然不滅，但「物質卻有＼緩慢的掙脫，和＼瞬間的逃亡」；又如在《在米蘭觀達芬奇壁畫<最後的晚餐>》一詩中，物質性的畫作，讓詩人站入了真理的無蔽空間，從猶大的行止中，讀出了「紙裡包不住火的瞬間＼壞人來不及掩飾，竟忽然單純如處子的瞬間」；再如《闖入室內的蜻蜓》中，「她（蜻蜓）纖薄的翅膀撲棱著，不肯止息＼攪動人內心細碎遙遠的悲傷，像一切＼「前途光明，腳下無路」的困境」。如果沒有博愛的信念和實踐、沒有對世界的細緻入微關切，以及透過這種關切與自我的交互，我們很難想像這些詩句從何地產生。

梁楓提供給我們另一種思路，即古典詩學提供的那種慰藉系統，我們如何將其加以發揮運用于現代詩歌。詩之所以在，恰恰是因為人的生存對詩的基本需求。生物據其繁殖的方式可以被分為無性繁殖和有性繁殖兩類。無性繁殖的生命的生產在於細胞分裂和自我複製，一個生命便涵蓋了全體。人類的生命產生屬於有性繁殖，相對於無性繁殖的複製性和可替代性，每個人的出生都是偶然的，不可替代的，非連續性的，而且還註定是有限的。人的有限生命，偶然來世，不可替代，都決定了人的生命是孤獨的。如何讓如此孤獨的生命不至於立即就在精神上絕望或死亡，詩的敞開和交流就從這裡進入了。而自從宗教和祭祀所具有的溝通天地—人心的安慰能力在現代社會隱匿之後，詩對人心的溝通功能便只能越來越重要。也是在此意義上，阿多諾把現代藝術的功能稱為受難。現在的世界也許的確正面臨著一個界點，有學者稱之為現代性的臨界點，跨過這個界點，人和人的心靈或許就能重新相聯，建立起一種真正的主體間性。而這種交流和溝通的功能，也是詩最古老的功能之一，例如：詩可以群，或像《荷馬史詩》向希臘人提供生存範式。

有了詩學（對詩的理解），有了對世界（他者/異質）的愛，詩人之詩才得以終於返回到自身。帶著透徹的否定性，詩人重新理解個我生命。在《懸壺記》中，疾病與修辭之間的象徵性關係被揭示（肉體之痛與修辭之美原本密不可分）。疾病給人提供的是一種新的身體狀況和審察世界的視角，疾病要求耐心，等待康復，這實際上跟文學藝術給人提供的內容和要求有象徵性地相似。詩人還從中發現了時間流逝的物質化形態：勻速的點滴。這也成了修辭上的隱喻。在這裡，我們又想起了前面所說的詩學與詩在詩中的關係問題，寫詩是否需要詩學，這是老生常談，但並沒有太多人致力於清楚地去談論這個問題。梁楓的詩歌寫作給我們提供這樣的一些啟示，即創作當然需要理論的自律，這並不是說詩人要去學習多少理論，掌握多少知識，而是一個詩人不可能在寫詩的同時，卻完全不去思考詩是什麼，該如何寫，而當詩人想到這些的時候就已經是在思考理論領域的事了。而且詩人對詩的理解，一定制約著詩人之詩的面貌。這種理解，就是詩人的詩學。因此，一個有創造力的詩人一定對寫詩這一行為本身有深入的思考和理解，從而才能保證其美學的品格。詩學的眼光始終介入梁楓的詩歌之中，保證著其對自身美學的反思與建構。而令人訝異的是，這種詩學眼光的臨在並未損傷梁楓的詩之美。

與此同時，梁楓在詩歌中的詩學自覺和對詩歌溝通理解功能的尊重，還通達了這樣一個層面，即與同行間的交流。這種交流的形式是多樣的，同時也可能是無意中達成的。梁楓的交流更多歷時性地指向了詩人所偏愛的過去和經典，很可能正是這些互文的做法，讓梁楓的詩學和詩歌得以不斷地深入。在《前身憶》一詩中，說話者將自已想像為不同年代及地域的人，描繪那一變革時期的生存與生活，再回到作為詩人的當下，認領詩歌；在《龐德譯李白：誤讀之美》中，詩人則將美國現代詩人龐德在其詩作中對中國唐代詩人李白一系列詩作的誤讀作為這首詩歌的材料，完成了一次中國當代詩人對這些誤讀的再辨認，誤讀之下，其實有相當程度的本質相似，雖然我們不應該忘記了現代與古代的鴻溝，但詩人生命的處境和使命並非全然迥異。

在梁楓的詩作中，筆者也發現了一首十分有趣，但很可能是無意間與晚唐詩人李商隱形成了呼應的一首詩歌：《檸檬愛橄欖》。這首詩運用了兩個作為隱喻的物象：檸檬和橄欖。兩者命運般地相愛了，就像一切奇跡的發生，也像一切有關愛的悲劇所表明的那樣，它們後來發現雙方並非同一物種（物種不同是一種根本性的隔絕和疏離，由此形成的禁忌也最為激烈），於是只得彼此相望、傷心和痛苦，此外並無更好的辦法（「命運也像天賦，像愛，＼並無公平可言」）。李商隱的五言組詩《柳枝五首》中第一首全詩是這樣的：花房與蜜脾，蜂雄蛺蝶雌。同時不同類，那複更相思。蜂與蝶相愛的命運，何嘗不是一樣呢。而義山的這組詩指向的是自己和所愛的女性柳枝之間充滿不可能的命運處境。兩首詩的背後，愛的困境是不變的。從這個意義上說，世界也正是因為詩人流連其中，不斷採擷愛的英華，而變得多姿多彩。這種姿彩以其無用的形式（美）本質，向世界的虛無抗辯。

米沃什在其文集《站在人這邊》的開篇有言：我在此——而每一個人也都在某個「此」的位置上——我們唯一可做的事，就是試圖溝通彼此。通過倫理視域，我們接近了梁楓詩歌的基本特徵，得以在她的詩作中辨認現代詩的特徵，理解詩學與創作之間可能達到的和諧狀態，並看見了詩人的具體寫作在博愛的向度、與世界取得溝通聯繫的向度上的努力。

目次

下輯：百日大隔離

世界的花園

上輯

七寸帖

一首詩嵌入嚴絲合縫的生活
它必須扁平而鋒利
必須屈身、附身、甚至委身於不相干的事物
它幾乎是旖旎的
像蛇行者即將被命中的七寸
它柔若無骨
須盤桓回轉，才得方寸處容身
針尖上的刺繡，麥芒上的露水
為這些轉瞬即逝的事物耗盡了畢生氣力
惟四壁垂直，頭頂明月高懸如孤膽
我們踮起腳尖，經年累月游走於城牆內的鋼絲
從不談論各自心尖兒上的刺
全憑這首詩，走漏給人世
些許風聲

2018.12.24

平安夜洗淨一隻藕

平安夜洗淨一隻藕，掏空內裡的
細砂、軟泥、風塵和妄念
還原她清白清香的肢體
這植物有著花朵樣的神祕洞穴
心有多竅，深不見底
從頭到腳，一徑貫穿

通透而曲折。這是東方女子
水中生長的幻像
你若想咬緊她，不免要在樓梯上
一腳踏空

一年將盡。大雪和它覆蓋的真相同樣
沉默而潔淨
在火爐邊剝開洗淨自我的原型
歲月如包漿，層層裹挾
「投之以明媚，報之以風霜。」

2018.12.25

兩難

這些年我們都在努力練習「兼顧」的智慧
比如春花和秋月，魚和熊掌
生前名與身後譽
偶爾拆了東牆補補西牆

誰透過這小小的虛榮，看見
深深的
不忍

有時進退失據，東風便壓倒了西風
更多時候難免顧此失彼
最糟糕的時刻腹背受敵
看，史書中烏雲密布著那麼多
面目模糊、噤聲不語的人

2018.12.26

群眾演員

有些是成群的，簇擁著出場
也有人孤身上陣，劇本的甲乙丙丁
並非路人。人群作為佈景
的一部分，總是渾然一體
暗流湧動，眉眼模糊。
有一種可貴的天賦叫做「泯然眾人」
干戈玉帛，進進出出的
紅白匕首，是少數人的戰場，少數人
沉迷到不可自拔的變形記
更多的人將撤退為佈景，並因難以分辨而
獲救——骰子一樣隨機滾落
抵達之處，冬蟲變夏草，他鄉是故鄉。
最後，必須感歎佈景的人群何其幸運
人畜無害的小小種子
捱過殫精竭慮的一冬，下一個輪迴興許
還能生根發芽，迎頭撞向
破土而出，重見天日的命運
佈景的人群彼此交換了下眼神，暗自
長舒一口氣，終於熬過了堪稱美滿的一生。

2018.12.28

懸壺記

凡疼痛於此地皆有精確的刻度，且
循序漸進。形狀也要儘量規則
針紮樣、流線形、聚傘狀
肉體之痛與修辭之美原本密不可分。
沙漏中流淌著的，正是你我
前半生的緩慢積累，和後半生的
快速消磨。
而「耐心」正是「病人」一詞的另一層涵義
瓶中的藥液滴落，它們清冷而連貫
像漫長白晝中逐一浮現的省略號，欲言又止
像彪悍人生中撞見的一串休止符，欲罷不能
還有那秘而不宣、沉沉下墜的樂趣！
此生有過多少滴水穿石的
英雄夢想，和滴水成冰的
黯然結局。全不如這單調勻速的流淌
足以取代，無色無味、清透如許的時間本身

2019.1.12

冷鹽

那閃耀的、涼薄的、藍光磷磷的
細小顆粒
鹽在骨縫裡
研磨，比撒在傷口上更為
隱秘
一夜過後，江山忽變了顏色
誰的心也頃刻冷了
寒意中我的目力所及，並非只有
輕霜覆蓋原野，還有它
力所不逮之處裸露出的
蕨類植物的卷鬚
馬蹄踏過的鬃毛，和
人心不可測的
潦草敗筆

2019.1.20

前身憶

而要將精神聚攏成形終是困難的
氤氳的文字，像咖啡略帶苦澀的
香氣，繚繞在十九世紀蒸汽火車的車廂
思想、文法和窗外的風景飛速掠過，難以
捕捉。你想起童年的普羅旺斯
陽光下大片薰衣草中起起落落的
蜻蜓，也是一樣的，無意停留。你攤開
這天清晨的《泰晤士報》，低掩帽檐，正
匆匆趕往密西西比的家園。或者
在明治年間的桐油燈下，費力翻開
一卷卷泛黃的紙頁，國立圖書館特有的
古老端正的氣息，像年深日久、反覆失敗的一場愛戀。
噢詩歌，多麼好
透過它，我們一一辨認出自己曾活在異鄉的前身。
這一回依然無從相認，唯有
你唇齒間錯落的輕重音，像雨後鄉間蜿蜒的車轍
那麼委婉而確定，依然有著
從頭再來一次的悲壯決心。

2019.1.27

浮燈

早晨忽一陣淒風苦雨
書房內的水晶吊燈映在窗外
懸浮在雨簾，枯枝，風起雲湧的天空上

一種多麼難得的篤定。
浮世風雨飄搖，這是誰內心巋然不動的
璀璨光芒？還是另一種置身事外
無根無憑的幻像？

浮燈空懸於世
像漂泊人世中又一個須奮力游向，卻
將同樣於事無補的彼岸

2019.4.15

夏至

八月將盡，啄木的粉頸鳥兒
與人只隔一層細細的窗紗
她偶爾抬起烏溜溜的眼波，好奇地望著
書齋枯坐的這個人
便有枝條輕輕抖動，微風過隙
平靜生活中奇妙浮現的
小小漩渦。但一切終歸於
寂靜。只有她不甘心的淡紅色小腳
每走一步，險如鋼絲
像某種亦步亦趨的
音律，或
躡手躡腳的
愛情

2019.8.31

松針小語

通體深綠，有哲學家的條分縷析
她們喜抱團取暖，或逐群而居
根根分明，各自懷揣一綹
不願示人，但不容錯認的香氣

原本也敬畏命運，並不拒絕偶爾
禮貌地欠身，在不知深淺的掌中
象徵性的彎曲。但既然是針
就早已攢足了刺痛、刺穿的力氣
最逼仄的縫隙裡，記住！
將是這周身芳香的事物
轉身給你，出其不意的
致命一擊

2019.9.1

裂紋

人們震驚於它的突然出現。體表
一度完好，誰的傷口令人猝不及防
一種乾燥的袒露：清醒、決裂。
凡尚願流動者終將找到某種方向
關乎前程，也關乎歸宿
而裂紋在時光裡停止了追尋。它
風乾後的暗紅色喘息，始於
木紋深處早已
既成事實的土崩瓦解。
人們撫摩，揣測並竊竊私語
狹長、不規則的樣貌，崩裂之前
必有過長久的權衡：
「從此將不予妥協，且不屑遮掩。」
但每一圈年輪都選擇沉默，讓事發地點
與兇手，同樣下落不明

2019.9.11

罪己書

親人們被用舊了。像周身包裹著的
柔軟溫暖的棉絮，舒適得
毫無知覺，熟悉得幾乎可以
忽略不計。凡自命天才的運氣裡
都有太多被容忍的歲月，而
親密的分量總嫌太輕。這些年來
我一直是那個鮮衣怒馬
負重前行的人，是
對愛再難於啟齒
內心寫滿原罪的
那一個人

2019.9.12

中秋失物帖

「凡物質皆不滅。」知曉這道理
並不能撫慰遺失者惦念的心
關於下落，關於完好
關於恍惚間易主的江山

此物曾緊緊攥在掌中
汗液滲入肌理，遂成指紋
一個人高辨識度的氣息
不宜明晃晃掛在腰間
層層綢緞裹住，一縷寒光
出鞘的時日，尚未到來
更多時候將它佩在胸前
帖近肌膚、脈動並散發
起伏的幽暗之香

物質不滅，物質卻有
緩慢的掙脫，和
瞬間的逃亡

今夜中秋月滿
胸中有
一事
未圓

2019.9.13

名器頌

名器總是橫空出世，將從前蟄伏的日子
一筆勾銷。大有來頭的
無源之水，口舌如青煙
吞吐著上下翻飛的寒光

「需要一個契機。
一次圖窮匕見的困境。
一場六月飛雪的冤情。」

也不妨是櫻花樹下
年少的武士以血剖白的真心
名器將要行走世間，切記
按捺住那一點兒任性，不可一路
探囊取物，在悲苦的人間練習手到病除

此刻還是霜刃未開的年月
名器深居簡出，守住一截兒
玉樣空靈的身子。命運尚未喚她起舞
劍出鞘與魂出竅的可能——大致均等

2019.7.20

孤品

「美之事物，乃永恆之歡欣。」
——濟慈

維多利亞時代的姑娘，在山頂跳舞
臉蛋兒緋紅，粉彩的裙裾飛揚
全然不知亦不顧，在世間她已是
一枚孤品

（底座上寫著：皇家道爾頓，1938）

凡易碎者皆已化為齏粉
歷史深處飄蕩著骨瓷的氣息

唯獨她留了下來，沁涼如初
後世有眾多仿品，個頭兒略大些
分量更輕些，體內缺少精確的
百分之五十一的小牛骨粉末

那是令她半透明的秘笈。
「混淆，是不可能的；代替，更是不可能的。」
以其格格不入，自成流派
以其無以為繼，獨善其身

2019.7.5

鈷藍書

大水之上，往深處去
一身不合時宜的鱗片，莫非正是
本時代刀槍不入的鎧甲
雲朵之下，往深處去
深處多皺褶，多迴旋與變幻的餘地
在海上極目遠眺，我驚訝於
「遠方」與「腹地」，是兩個多麼截然相反
又極易混淆的概念
像流放犯與王儲，擦肩而過時
忍不住交換了一下意味深長的眼神
不如往深處去！深處有更多失之毫釐的命運
二十米動盪的水下
有願者上鉤的魚兒，披一身幽藍的鱗片
一躍而起，「看，這就是深處的真相，並非
傳說中的一片蔚藍。」我熟悉這鱗片的藍
叫做「鈷藍」，常見於十九世紀下半葉的
老瓷盤，描金手繪的玫瑰花心裡
它若隱若現，微苦微毒，美而無辜

2019.7.5

秩序

還有什麼像海水一般永存而恒動？
總是置身其上的物事難免顛沛飄搖
相對于頭頂虛無的雲彩，大海
更無意界定自身，相對於觸發
因邊緣、形狀導致的太多隱喻
大海更看重鮮活遊弋的，深層的次序
比如大魚吃小魚，小魚吃蝦米
鏈條緊湊完美，天敵們各就各位
但凡追究到底，總會秩序井然
總會遇見一張事先搭建完畢
餘生務必守口如瓶——又彷彿
正中下懷的
網

2019.7.21

鳥語

鳥鳴，從樹林深處和高處傳來
有一種叫做「啁啾」
熱切、密集、急不可耐的傾吐
略顯嘴碎的鄰家女子，抓住人的衣襟和耳膜
另一種叫做「呢喃」
甜膩的枕邊人，閨閣裡無害的小小心機
綿裡藏針，暗暗的予取予與
最驚心的來了，那是一聲長調
緊接著一連串顫音，這大概就叫做「啼」
戲臺上水袖一甩
那人又來你的夢中
掩面而泣

2019.7.14

闖入室內的蜻蜓

那是自由，是原本平靜如昨的
日常生活
如今變得近在咫尺，卻遙不可及
她徒然趴在明淨的窗玻璃上
身子輕靈，長尾怒目。
一隻色彩斑斕的蜻蜓，翅膀閃耀著窗外
落日的金色光芒。我彷彿聽見
那小小的、無窮深邃的心臟裡
滲出一聲低低的喟歎
關於剝奪，和被剝奪之後
尊嚴的守護。比如以頭撞壁
以石擊卵。她纖薄的翅膀撲棱著，不肯止息
攪動人內心細碎遙遠的悲傷，一切
「前途光明，腳下無路」的困境
二十年了，我再不曾徒手捉拿過
任何一隻身陷囹圄的美麗生靈
總是還沒打開天窗，就早已耗盡
迎風吐出一句亮話的勇氣

2019.7.14

雪夜歌——觀紀錄片《美國工廠》

他的手指粗大，在流水線上無法靈巧地
上下翻飛。父輩也曾這樣豎起衣領
走過中西部荒涼的冬夜。他劃燃一根火柴
路燈昏黃，星辰黯淡，只有聖誕樹早已
打扮停當，遠處房屋裡透出的溫暖燈光
愈遠愈渺茫，愈容易被錯認為
真實撲閃著的希望。荒野中他蹲下身來
聽見凍土深處，資本和它的話語權
正悄悄膨脹，快要破土而出。
「一切都似曾相識。我們接受，
因為並無別的選擇。」他躬身穿過
寒冷的荒原，穿過從未甘心卻
不願再追問的命運。當一片玻璃碎裂
沒人願意伸手觸摸，那由內而外的
斷裂和瓦解。他發誓不再追問
只想孤身穿過，皚皚的雪

2019.9.6

秋水

秋天，人心被流水磨得發亮
只留下最少的棱角。一年中所有
不甘、不屑、不齒的人與事
此刻晾在青石上，付之秋水，像付之一炬。
加拿大楓體內的糖，一股腦湧上頭部
而馬鈴薯的根紮得更深了，眾多子嗣
正墜著它幸福地下沉
這是種瓜得瓜的時節，萬物掌控著自身的
節奏，一步步抵達飽滿、圓熟。
「此刻未完成的，將再無時日完成。」
秋天，令人間一切煞有介事的博弈
那些「手執一桿秤，事事難擺平」的取捨
忽然間可以忽略不計。當我鋪開紙筆
有秋風起自腕底，有神諭來自高處

2019.9.21

少年游——紀念死於烏克蘭內亂的同學安德魯・阿斯特波夫

我們分離的那一年，你二十一歲。
安德魯，藍眼睛的烏克蘭男孩
你若還活著，會是個大鬍子律師
那時你愛吃土豆，始終營養不良，始終出奇的清俊。
我們曾無數次抱著書本，踩著厚厚的落葉
在鐘聲中嬉鬧著走過諾丁漢秋天的校園
我們中間唯有你，沒有子嗣，沒能活到今天。
你常說起早年在密西西比讀書的年月，而最終
還是選擇回到你那動盪、腐敗的祖國
那時我們一起神往美國南方
在案例、卷宗、律法之外，溫暖平靜的日常生活
得知你死訊的這個拂曉，我正在美國南方
晨光和煦像你二十一歲時的夢境
那是五年前，你孤身一人在街頭
遭遇團夥襲擊。安德魯，金黃的頭髮飄在風中
你的血流幹在基輔寒冷的冬夜
我多想伸出手，撫摸你凍僵了的喉結
那裡再也不能發出，少年時在我耳邊傾吐的
一連串帶著俄羅斯口音的低沉音節

2019.9.22

煉金辭

爐膛裡灼燒著賢者之石，水晶球在手中滾動
切面不可盡數，而萃取的痛楚更為深邃
兄弟，這是我中世紀的密室
你盡可以隨意翻檢，米黃壓紋羊皮箋
泥金手抄本，依然新鮮的
龍涎香、沒藥、肉豆蔻，以及
白藜蘆和九草魔寫就的古老藥方
（在那個年代，它們貴如胡椒）
厭倦人世時，我會悄悄回來
在暗室裡走動，調節溫度，測量硬度
也掂量一下無名合金的純度，這大顆紫晶
不妨就套在你撫琴的手指上。時至今日
我依然相信金屬的有機，靈魂的騰挪，耐心的神跡
兄弟，我是一名混跡人間的術士，習慣於
穿過一切修辭、詭辯和咒語，直接抵達
事物核心的殘酷和詩意。兄弟，我愛極了
你火光裡閃亮如珠的牙齒，愛極了
你端坐在高高煉爐旁，一派天真和迷茫
愛極了你對我上天入地、人妖不辨的苦苦追隨

2019.9.24

秋聲賦

這些年，最愛聽兩種聲音
火車哢嚓嚓駛過，一聲悠長的汽笛
飛機轟隆隆由遠及近，斜掠過屋頂

尤其是在靜謐的秋夜，蟲鳥失聲
失眠的異鄉人，抵達了隔岸觀火的中年

小時候，這聲音總令我興奮地奪門而出
疾馳而過的風景，不可知的去向
孤峰高聳入雲，俯瞰人世雨雪交加

如今只暗暗覺得幸福。這一次
那個星夜奔波在路上的人，不再
是我

2019.9.26

流雲散

長著一身去留無意的風骨
卻被賦予了太多似是而非的意義
每當厭倦了人間的指點，便兜頭一場冷雨
雲，它漂泊的一生飽含隱喻。
很多時候，它是在用具象的
積累，抵禦或補償抽象的消磨
這多麼像人類的宿命。
大風吹得它手無寸鐵，愈見稀薄
令我想起功名、流放、大廈將傾、人間白頭。
所有深刻的變幻都是相似的
開始於同樣絲絲入扣
又渾然不覺的蠶食。

2019.9.27

冬青誡

「白青為碧，深青為蒼。」
那麼冬青呢，為何不能
凝固為一種顏料，濃縮為一個漢字？
這要歸因於它的多變、鮮活、逆時序的生長。
相對於一切須「忍冬」者，它更欣然用一簇簇
猩紅明亮的果實，映照一冬白雪。
是啊，這仁慈、堅韌、豐腴的植物
畫眉、貓鵲、知更鳥最後的糧食——
惟人食則劇毒。
它允許你清水淨瓶，秋來插枝
世上果真有這類只可觀賞，只可信任的皎潔之物
像微妙的告誡：「饋贈並非誘惑。」
不可生妄念，不可起生吞活剝的獨佔之心

2019.9.30

在米蘭觀達芬奇壁畫《最後的晚餐》

我們當中還有誰，能從容面對一場已知的背叛？
這大概就是人與神的區別。我們總是
心有不甘，心存僥倖，用盡最後一絲力氣
也要拍案而起，一廂情願地相信人定勝天
並把這當作，生而為人的最後一點尊嚴。
於是，為免除絕望之苦，人被設計為要受制於
兩大局限：時間的一元性，未來的不可知。
但神不是這樣。這個黃昏
他對他的門徒們攤開手掌，全然接受已知的命運
無怨、無懼、無抵抗。
「是那個將手伸向，我的手伸向的蘸碟的人。」
這最後一聲低低的暗示，點到為止
神終究是仁慈的，至死不忍說破。
而有人立刻縮回手，驚慌中打翻了鹽罐，另一隻手
緊緊捂住了骯髒的錢袋。我喜歡這種真相猝然流露的瞬間
紙裡包不住火的瞬間
壞人來不及掩飾，竟忽然單純如處子的瞬間

2019.10.1

注：於義大利米蘭得見《最後的晚餐》真跡。壁畫完成於15世紀末，在二戰中幸未毀於戰火。達芬奇在教堂大食堂的北牆上，描繪出了另一個大食堂的景象，縱深幽暗，栩栩如生。親眼一見，震撼難以言傳。

一個人和他的主義：致塞尚

「用一隻蘋果，讓巴黎目瞪口呆。」
——保羅・塞尚

參透靜物，參透一隻蘋果的內心，直至
它的意識溢出，超越色塊，誕生了它自己
捕捉那只「醉醺醺的陶罐」，一天中
隨時辰變幻不定的色彩。是的，只需色彩
（你用過六種紅，五種黃，三種藍和綠，一種黑）
即有光影、構造、和諧，畫布上永恆的生命
「色彩之外，別無它物。」總是在純粹而極端的
提煉中，一個人漸漸逼近了自己眾口鑠金的主張。
一百多年了，男孩仍穿著寂寞的紅馬甲，玩牌者紋絲不動
夫人面無表情。只是另外一種靜物，要畫得
足夠稚拙、隱忍、厚而重，像鋪滿雪的臺布上
一隻桃子即將滾落卻極力克制的神態。
他站在幽深的藝術史中，前無古人，一夫當關
不遺餘力地剔除：瑣碎的熱情
多餘的細節，力求逼真的努力
也暗暗恐懼著——「成功這件可怕的事」
並不知道後世將命名的「現代」，已從他手中的蘋果開始。

2019.10.2

注：保羅・塞尚（1839—1906），法國畫家、後印象派藝術家，被公認為現代藝術之父。

愛蓮說

「莫內的藝術，已經成為自然本身。」
——評論家不勞內爾1895年語

美之生成，須耗費漫長時日，巨大的耐心
和一點點風雲際會的運氣。當睡蓮
開在畫布上之前，要先在池塘裡被莫內種下
（「做畫家，不如先做園丁。」）
那一彎弧度精准的日本橋，凌空
架在水面之前，要等到某個巴黎人無意間
拆開東洋茶葉的包裝，驚歎浮世繪的美妙。

當整整一面牆的睡蓮直擊人心，美終於
留了下來。它身後眾多的勞作之苦、天作之合
皆被悉數隱去。莫內悄然變身為傳統的一部分。
傳統橫亙在歷史深處，輕輕搖曳著
像風吹蓮塘，浩大而憂傷。

2019.10.3

自白書：致敬艾米莉・狄金森

請你原諒，世上原有我們這一類人
只迷戀自然、藝術，連愛情和宗教也並非
靈魂的必需品

始終求而不得的：絕對的孤獨，絕對的安靜
（看，這話多麼難於啟齒，一出口就恍如罪人）

黑麥麵包、白水煎蛋、青蘋果、紅皮花生
羽衣甘藍，新英格蘭清冷的空氣——足以活命

你早年贈我的青銅寶劍早已寒光入鞘
我們與人群格格不入，兩不相欠
無需抽刀斷水，更不必斷臂求生

2019.10.3

橡樹謠

臥室窗外有一棵年代久遠的橡樹
將我在人間的一切盡收眼底並且
守口如瓶。閉口不提晨昏的焦慮
可恥的孤獨，像一句斯拉夫族的
古老諺語：想想，如果牆會說話
老橡樹從來閱後即焚，不再追問
我相信真正的同情來自不同物種
在人間我們各安一隅，自身難保
稠綠葉子的光悄然變幻你知我知
這是陪伴又何嘗不是微妙的對峙
我沉溺於它的覆蓋、包裹與分寸
總是在那風吹橡樹葉的沙沙聲中
懂得了高處樹梢之上有神之護佑
遂在午後巨大陰翳中酣臥如嬰兒

2019.10.5

糖楓

我們粗礪的生活中急需一點額外的清甜
於是有糖楓：四十滴樹液，得一滴糖漿。
整個秋天，甜意在根部聚集，翻滾著上湧
（明媚之色，確有一番沉甸甸的來歷）
它迎風漲紅著臉，幾乎要守不住
體內呼之欲出的祕密。人群疑竇叢生
「美而奪目者，難望其甘。」
直到第一個印第安人，早春時恍若神啟
在不惑之年的樹幹上鑿開一洞
糖楓的體液汩汩湧出，從此
人類有了另一種——難以置信、無可取代的甜。
甘蔗甜似驕陽，蜂蜜透出勞作之苦，而糖楓
是異域的清冽，像古老大地上一絲絲消融的春雪
宜佐最尋常樸素的吃食：藍莓餡餅，深海三文魚
呈年深日久的琥珀色，擅流淌，有火中取栗的焦香。

2019.10.7

重陽日，過重洋

今日無菊可簪。有兄弟可憶，兄弟在河西
十五度純米吟釀，明如秋鏡
寒如秋水。混血空姐的笑容不及東瀛女子
那般清甜。離家的人，生一路惻隱之心
和食冷清，一屜屜，卻有最幽玄的命名：
玉子、蓮根、鱈昆布、幽庵醬
豆甘煮、五色漬、青豆胡麻、鰈照燒
是獨具一格，還是各居一隅？
只有紅漆蓋碗裡滾熱的味噌汁，教人懷想
樸素熱鬧的家居時日。天涼了，一席薄衾
鋪開普魯士藍的手繪菊，哦這浮世之藍，莫測之藍。
空姐在我手心裡放下小小一枚
擱箸的千紙鶴，石榴紅的幽光，正奮力點亮
一場黑托、青盞、玄米茶的侘寂之旅。

2019.10.8

混沌之心

早餐，咬一口半凝固的歐姆蛋餅
嫩黃的內心被掀開一角，聞到自己
肺腑中溫熱的腥氣。不是眉梢眼角
白描的淺笑，是
暗紅、水粉、青綠、象牙白——對應著
番茄、火腿、青椒、洋蔥，或
甜、咸、辣、辛。這過於繽紛的內心啊
它五味雜陳，羞恥而疲倦。
它嬌嫩、氤氳
時常遍佈水漬，難免一片混沌。

2019.10.11

時差

這些年我們飽受其苦。像一路拔節的
嵯峨竹，總在不合時宜的節點，渴望沉沉睡去。
「休眠」二字，幾乎宣告著理想主義者的勇氣
最艱難的偏是這些——當下的時區裡，誰又能
懸崖撒手，不問春秋？於是只好
像「何故兩荏苦」的重陽菊，保持雙倍的
警醒，又暗懷揠苗助長的深深悔意。
像矯枉過正的峨嵋黃連
最終竟在唇邊留下了一抹
來者猶可追的黯然香氣。

2019.10.13

文玩恨

烏金、冷綠、柿子紅
薄胎或厚釉，珍貴到不能輕易示人的
藏品，暗暗怨恨著
被束之高閣的命運

藏家總是一廂情願，一往情深
「只知摩挲，不懂揣測——」

那顆不曾被問過的心
隱身於一盞一缽內，忽明忽暗
與藏她的那人
橫眉冷對
各執一詞

2019.10.19

一字謎

「山外有山，中有穿心孤木。」
這個象形字，足以概括我們的一生。
起初天地浩蕩，日出月暗，水落石出
隨後我們出生、出場，個個兒出落得
像水逝雲飛，電光火石一般美而易碎。
這煞有介事的一生啊：忙著出山、出征、出獄
各自煎熬著，迎來命裡的出頭之日。忽有人
開始出事、出局，有人唱著西出陽關
將杯中酒一飲而盡。漸漸依次聽到
出殯的腳步愈來愈近了。它不同於另一次
出遠門，臨行前記得來最後一賭
誰的詩句能在千百年後——
出土，像月驚山鳥，揮一揮灰塵
重回，已經出生入死過一次的人間

2019.10.26

結繩治

「上古結繩而治。」

——《周易・繫辭》

本來無一物的直線上，有人製造出
牽絆和糾葛。這小小的、暈眩的漩渦
是少數的時刻，當歷史正在「發生」。
紅莫非代表勝利，黑興許是吃了敗仗
樹皮或獸毛摻入貝殼和獸骨，也像
後人的記史，充斥著心思、花樣
口口相傳的規則，和終將被誤讀的邏輯。
（有人還曾精心編織進「六進一」的算術）
後世何從破譯一這高難度的記憶？
有些像結怨如鯁在喉
有些像結局難以下嚥
有些是當下的歡愉，尤顯匆促和凌亂
比如結盟、結髮、永結同心。
他們先於我們一早已參透：
「當下且及時行樂，事畢皆軼失無考。」

2019.10.27

中文名

在異鄉昏暗的地鐵站，有人
大聲喊出我的中文名

鏗鏘的單音節漢字破空而來
穿透了周遭母音輔音夾纏不清的語境

我的中文名裡，有抽刀斷水
更有兵不血刃；有大風起兮
卻吹也吹不散的——嘉木留聲

「要在森森寒意中，偏生一派灼灼其華。」

多麼喧賓奪主又恰如其分
這象形的標記，令一些人甘願
望文生義，另一些人不惜
買櫝還珠

2019.10.28

危牆

連說出這兩個字都是小心翼翼的
當瓦解只需時日，選擇已稱不上權宜
選一側立身，選一個精心計算過的
逃離的速度。這忐忑令人揪心
天色大亮，一些人一身冷汗地醒來
另一些人卻在黑暗中角力
潰堤前的蟻穴，也曾同樣密集、齊整而無辜
供細小生靈們煞有介事地進進出出
這原是何等處心積慮、不容置疑的精密布局！
來來來，趁此刻一切完好
不妨立於其下片刻——目睹
密不透風下的千瘡百孔
轟然倒塌前的固若金湯

2019.11.7

永土樂

「這是永久屬於你的——兩英畝土地。」
盡可以為所欲為，或終日無所事事
像個真正的詩人：熱愛自由，但厭倦漂泊。

種下木槿、早櫻、夾竹桃和日本楓
劃地為界，從此深居簡出，等待
野兔、火雞、知更鳥、矮尾鹿輪流來訪
沉迷于壁爐中微溫的餘燼，櫻桃木欲說還休的啞紅

新房漸成老屋，愈來愈像自己的主人
半生尋來的是瑰麗、深邃、百無一用的事物：
凡跟隨我到此地者，再不必遠行；
凡陪伴我到此刻者，永不被丟棄。

2019.11.9

龐德譯李白：誤讀之美

「RIHAKU[1]風靡了西元八世紀。」
——艾茲拉．龐德（1885-1972），《華夏古歌》

地鐵站的人臉花瓣，與水中撈月
同樣恍惚，有同樣虛無的本質。大醉之後
你認定Rihaku為知己，像認定《長幹行》
原是一封家書。於是有《河商妻子的一封信》[2]：
「還留著齊劉海的年紀，我在門前採花；
你踩著竹子高蹺而來，扮成一匹馬。「[3]
青梅誤作藍莓也無礙，有她甜澀的口吻：
「十五歲一展愁眉，願我二人
成灰燼也在一處，不分你我，永遠永遠，
直到永遠。我又何須攀登瞭望塔？」[4]
不同於維多利亞時代氾濫的抒情，你迷戀
一千三百年前，這唐朝女子的熾烈、隱忍。
「蝴蝶成雙成對，在西園的青草上
已隨八月變黃

---

1. Rihaku是日語中的李白。
2. 此英譯本最早出現于龐德1915年《華夏古歌》一書，被美國詩歌界譽為意象派詩歌的傑作。
3. 原詩句：妾發初覆額，折花門前劇。郎騎竹馬來，繞床弄青梅。
4. 原詩句：十五始展眉，願同塵與灰。常存抱柱信，豈上望夫台。

它們令我傷懷。我在老去。」[5]

信要結尾了，你索性將「長風沙」[6]篡改為——「愁夫煞」。

[5] 原詩句：八月蝴蝶來，雙飛西園草。感此傷妾心，坐愁紅顏老。

[6] 原詩句：相迎不道遠，直至長風沙。

九宮窗

一塊四四方方的玻璃
被四根青竹，分隔成九塊
像細雨中的一畦畦稻田
各安一隅，涇渭分明

這是我們在人間清寒的勞作
難以一覽無餘，偶爾顆粒無收

每逢天災人禍，一側看得見
另一側焦灼的口形，卻聽不見
呼救的聲音

這透明的阻隔煎熬著我們
這捉襟見肘的方寸之地
煎熬著我們。像龍生九子
像人各有命，像叫天天不靈

2019.11.14

檸檬愛橄欖

「命運也像天賦，像愛，
並無公平可言。」
一隻檸檬這樣說著
灑落幾滴清幽、芬芳的淚

幾枚橄欖仰頭聽著，被劃開
金黃、翡翠、烏黑的表皮
全身心浸泡在
灼痛的鹽水中

一種揪心的後果。最初
沒能認清，彼此並非
同一物種

檸檬失去了薄薄的一片
橄欖被醃漬了整整一生

2019.11.16

明暗記

在水晶杯、銀刀叉和雪白的臺布間
掃幾筆陰影。在模特的眼窩之下
顴骨之上，掃幾筆高光
人臉像畫布，像後世的窗下
被誦讀的歷史。當月光穿過
深秋的紅橡樹，斜照在
書桌的一疊白紙上，此刻我將
悄然凸顯些什麼？又將哪些細節和因果
不動聲色地隱去？並訴諸於
無辜的留白之名。
「明暗即取捨。」總是這簡單的真相
令人心驚

2019.11.18

編年史

像黑白默片，像流水
像一元性的時間
像群像的輪廓，懷揣
空山餘響的愛恨
勻速前進的——編年史
眾生的顛簸
泥沙俱下的敘述，飽含
磅礴的隨機之美
故事點點皆碎片，沁涼如骨
苦苦尋找那根缺席的
打通因果的脊柱

2019.11.19

尤物——寫在Ariana Grande演唱會後

十分鐘前在台下為你尖叫鼓掌的人
十分鐘後躺在了高速公路的血泊中

靠近一隻尤物是危險的
人群依然前仆後繼，渴望觸摸
你周身險象環生的光芒

「美趨近頂點，便自帶孤絕的氣息。」
而你是背負它的肉身，同樣被它
一次次逼入絕境

不世出的尤物
千錘百煉的尤物
你畢生的功課，是要比人群更清醒
是要在下一次失控到來之前，繼續
心如止水，美如禍水

2019.11.23

如夢令

生命的三分之一永遠是個謎。星空下
靈魂將肉身卸下，輕輕放平
背負了整個白天，此刻它將短暫逃逸

它如此頻繁、規律地出走，彷彿只為
在深夜的書桌前，專心編撰一出
情節始終無法連貫的戲劇

在深度睡眠中，我們起身，嵌入，漂移
一種緩慢蒼涼的如影相隨，近乎宿命

這一次狹路相逢的，是故人、仇家
新歡抑或舊愛？夢裡有人
喜上眉梢，有人分外眼紅

一切預測、設計甚至祈禱皆是徒勞。
只有醍醐灌頂的古老寓言——留了下來
新炊未熟，黃粱一夢，只緣於靈魂
在這三分之一生命中，跑得太快了些

2019.11.26

傷別賦

一生中你極難兩次
與同一只鷹四目相對

這條忽即逝的生靈，重逢
是渺茫的。相認，也是渺茫的

它流落在你夜長夢多的
夢裡，節外生枝的——枝上

餘生將遇見眾多形似神不似的
後來者，唯獨「那一隻」下落不明

遠走高飛是你對它的一重假設
倦鳥知還，或許是另外一重。飛行中

它兇狠的雙眼湧出禽類的淚水
天太高啊，風太冷，放逐異類的
鼓點，何故敲得如此密集而心驚

2019.11.29

蘋果酒

在深秋或飄雪的寒冬，總有人遞給我
一杯溫熱的蘋果酒，像無心的善

總是在果園、教堂或進山的路旁
有人遞給我一杯，濃稠的蘋果酒
像人間多出來的一點愛

蘋果酒並非酒。它與人同樣有
枉擔的虛名，被誤讀的一生

但總有這樣的時刻，當那些醉人的酒
苦多於甜的愛，終於令人疲倦，我也會
遞給你一杯，小火慢燉的蘋果酒

酒中有豆蔻、丁香、肉桂和橘皮
酒中有果肉、纖維和少許紅糖

我們微笑著，為從此相安無事乾杯
為愛自己愛得理直氣壯，乾杯
為餘生甘願獨享一切豐饒的冗餘——乾杯

2019.12.1

蔓越莓

是被燒熔了的珍寶，惟前世的朱紅
保存下來，今生換一種溫婉的形態
不妨也入口綿軟，甚至帶點驚喜的甜膩
不同於其他流動的醬汁，她是粘稠的
濃烈、凝滯，像迷亂前的遲疑和堅守

如果她願意，也可以化身為酒
令舉杯的人在裙底逐一淪陷。但酸澀
終究是難移的本性，拒絕中和，拒絕糅雜
總有奮不顧身的細砂糖，陪她慢慢熬煮
這小心翼翼的包抄，這幾乎要錯認的寵溺啊！

愛蔓越莓，你愛的是深秋濕地邊
野性難馴的女子。當孤絕的澀味長驅直入
渴念的唇齒，她紅寶石般的纏綿身骨
始終警惕，始終與異質的糖保持——
層次清晰的分離

2019.12.1

雪未至

許多苦等的事物
並未來臨，這不是第一次
雪不是唯一的一種

一些人渴望它快快降臨
一些人只求它早早結束
一些人眼中的美，另一些人
心中暗暗的詛咒

雪，這被分裂附身的精靈
它選擇——失約
讓愛它恨它的人
全部撲空，達成某種
奇妙的和解

2019.12.2

雪中枝

雪的意圖，絕非覆蓋或遮掩
而是區分、凸顯。雪落枝上
樹便一筆筆劃出了自己
像一個人攢足了氣勢，宣告
胸中的塊壘，筋骨中不由分說的走向

歲末的雪，像最後的提醒：
這一生拼卻天下皆白
也要出走茫茫四野
這一生，為物則脈絡清晰
為人，必骨骼清奇

2019.12.3

個人史

事過多年，仍然是最初的背叛令你
反覆心驚。你將記住那一刻的
毫不設防，更永遠記住第一枚
冷颼颼射向胸膛的子彈。

「此刻再來談論防人之心，是荒謬的。」
不如代之以手不沾血的
密室政治，並佐以高貴的清談。

哀悼吧，為這原本孤立的事件
為這無意中將命運劃分為
「之前」與「之後」的——隱秘的分水嶺。

2019.12.7

蔻丹紅

用肢體末端的千嬌百媚，紅蔻丹
先是定義了完整——
「即十年如一日的徹頭徹尾，不遺餘力。」

接著，她又定義了平等
「即超越容顏、身姿和天賦，人人有份。」

看，這日日繃緊的足尖，一絲不苟
一路閃耀。當我們一再為細節所累
是紅蔻丹說出最冷峻的提醒：
「美，是對垮掉的警惕，和對時間的頑抗到底。」

脂粉隊裡，紅蔻丹是擅思考又愛換面具的
那一個，用霧面、珠光和啞謎
為世間動人之色，給出哲學的命名

2019.12.6

又十年

最治癒的莫過於，翻看十年前的日記
晨光。水蜜桃的臉頰。那時
她這樣寫下理想：「這一生我要——
讀萬卷書，行萬里路。踏破鐵鞋，覓得真愛。」

四月窗前，紫薇花開。此後卻是
觸目驚心的一筆筆。十年
如一日的殫精竭慮：分數、傷口
里程碑、恩仇錄、現金流……

翻閱她，翻閱有驚無險的前半生
「如有神助，但快樂廖如晨星。」
一次，一次已足夠疲倦！有些人因此
從不渴望時光倒流，並不願意重返青春。

2019.12.14

在北京798街頭吃一隻烤紅薯

有一種善，來得過於直接和輕易。比如
烤一隻紅薯，看它金黃飽滿的薯肉
在暗紅的炭火中喘息，它黑紫交錯的皮囊
有暗暗撣去、不忍複述的風霜。這是
個頭憨實、內心甜蜜、表情木訥的食物
順服地趴在巨大的鐵桶上。表皮沒有毛刺
內心沒有風刀霜劍，也缺少一副嶙峋傲骨
除了少許纖維撐起的圓滿，它毫無棱角
彷彿一直在等待某個寒冬中的夜行人。它令
獻身與攝取，忽然都變得如此天經地義
在冷風中吃掉一隻烤紅薯，我的內心毫無愧疚
彷彿對它的舍生以往，給予了心照不宣的成全

2019.12.22

非集體主義的遠大前程

飛機開始下降，人間的夜晚
看得愈發清楚。靜止的燈火
勾勒出複雜地形，其中一條
細細的流水，是高速上擁擠的車燈
勻速的蠕動，不可挑釁的秩序
世上充斥著多少一模一樣的忍耐？
忽見另一條荒涼之路，沒有路燈
唯一的一輛車正加速前行
像異教徒，像黑暗中的飛矢
歸心似箭，抑或孤注一擲
它獨自奔赴，非集體主義的遠大前程

2019.12.22

一家名叫「農場」的麵包坊

耶誕節前的陰雨天，這裡擠滿
小鎮的世代原住民，漂泊而至的異鄉靈魂
「當你熟睡時，我在烤你早餐的麵包。」
這承諾多麼令人安心，來自於小鎮上
耐心而驕傲的手藝人。古法製作的麵包
耗時三日，用壁式爐膛，冷石磨磨出的黑麥粉
你選中的這一隻，糅進了肉桂粉、烤桃仁
和上世紀朗姆酒浸漬的蔓越莓
另一隻摻入了迷迭香、古青蒜
百里香，還撒上一層維多利亞時代
水手遠道帶回的海鹽。一切孤獨的魂靈啊
請循這香氣歸來，穿過雨水，穿過酵母
穿過十九世紀下半葉昏暗的旋梯，穿過
你們與人世相隔的那一層薄薄屏障

2019.12.23

穿行在拉瑟勒聖壇的聖誕燈火中

生而為人，我們對自己那一宗原罪
始終將信將疑又無從求證。此刻穿行在
拉瑟勒聖壇夢一般的燈火中，彷彿
又一次被提醒：關於謙卑、渺小、懺悔
要與茫茫人世，盡力達成普遍性的和解

而燈光依然是希望。有人圍爐生火
有人遞過來一杯，冒著熱氣的蘋果酒
這些年，人間終於變得溫暖
人群偶邇來仰望，寒風中聖女臉上的淚滴
想像不出有比這更深的悲慟，想像不出
歷史深處，少數人曾怎樣螳臂擋車
少數人的呼救聲曾如何淹沒於，一次次
虛妄的指證，已知的陷阱，何患無辭的困境

2019.12.25

重讀《聖誕頌歌》並致狄更斯

寫一本薄薄的傳世之書，你花了六個星期
好歹賺回兩百三十英鎊。你是1843年冬天
霧都中貧寒的敘述者，要講述一場靠窮人們
載歌載舞撐起的宏大故事，編織進一個人
真心實意的懺悔和救贖，再率眾人集體奔向
火雞、牡蠣、聖誕樹，註定喜氣洋洋的結局

滴水不漏，一百年來被提煉到快要枯竭的
寓意，卻有人忍不住追問，你真正要講的
是否另有其事：破解一個人出於何故
對幸福的主動疏離。某種險些被虛度的一生
慈悲掩藏的苦難與破綻，皮肉下永存的是
孤獨的骨頭，布滿佯裝忘卻了的鞭打，和
早年被齧咬過的斑駁齒痕

2019.12.25

手藝人

這行當的秘笈就是無中生有，將混沌之物
奉為璞玉，看見鐵樹開花，甚至相信
農夫懷裡的蛇，雖身懷劇毒卻也抱有反哺之心

鍛打是一腔流動的痛楚，由點及面
直至物中的神性脫胎、顯形、淩空一躍。雕琢
更是漫長的磨難，人群看見的只是結局！一刀
下去，有自己也無法預知的終點，刻劃與剔除
偶爾踩空。手藝人的夜晚，密室裡驚心動魄的
深海遠航：暗礁遍佈，危機四伏，每一個取捨
都將撲面而來，一生反覆面對險些失手的心悸

2019.12.27

身體經濟學

攝入的物質性：蛋白質、葡萄糖、水、維生素
產出的精神性：日行千里的思想，入木三分的
美，起死回生的行動力

兩者之間，是一場何等神祕的化學過程？鏈條
環環相扣，此中艱澀的糾結，要靠堅果的脂肪
暗中潤滑。最要命的一步卻是變現：身體舉著
頭顱，像舉著一面白旗，小心翼翼地走向那個
識貨的人：請容我獨孤求敗，賣你這一腔熱血

2019.12.27

風格之辯：想像波納爾駁畢卡索

最好的生活是我過著的這一種
「親昵的，沉思的，優越的，隱居的。」

最好的女人是我筆下的這一個
瑪爾黛，三十年相伴不知其真名。在畫布上
比現實更豐腴，我總小心遮住她玫瑰樣的臉

最好的自然是我窗外的那一幅，風動雨動
不為你們口中的線條和概念所動。在崇尚
簡化與激進的年代，複雜的調色令我心安

叛逆隱藏在被忽略的構圖中。時代也是我的
藝術將屬於後世。我們活著的年月裡，人世
足夠廣袤，不妨各自特立獨行，且寵辱不驚。

2019.12.29

十六年，一張桃花心木床

奔波顛沛的前半生，一路走，一路丟棄
只留下這張雕花木床
它四柱擎天，有閨閣的威儀

方寸之地的溫柔鄉，我在它懷中讀書，酣睡
偶爾被思念煎熬，無謂地消耗掉了多少
青春的腦汁和心血

十六年不離左右，從田納西到印第安那
從新英格蘭到北卡羅萊納，一個人孤獨的
遷徙，是刻在基因裡的逐水而居

唯有它寸步不離，從未有絲毫鬆動
始終宿命般恪盡職守，讓一個人
終於活成了一個家族

2019.12.29

從古人那裡學到的愛情

最初學到的是機不可失，趁熱打鐵
一鼓作氣，再而衰，三而竭

隨後是野火燒不盡，春風吹又生
不懼飛蛾撲火，化蝶還有來世

漸漸懂得一蔬一飯，滴水石穿
愛原要隨風潛入夜，潤物細無聲

直到終於說出天地合，乃敢與君絕
我的愛啊，已是千里孤墳，春閨夢裡人

2019.12.30

2019年的最後一天

九字為末的年份，總像是某種屏息的堅守
秉燭夜遊者、衣錦夜行者，都已嗅到
舊的燈芯就要燃盡。
（燙傷人心的銅與油，烙在胸口的千歲憂。）
這一年我們談論弧線、棋局、陰晴不定的天氣
忽明忽暗的前程，做愈來愈謹慎的夢。紙窗下
猶記風雨飄搖，風聲鶴唳。生逢戲劇性的
年景，清談者免不了粉墨登場，少數人
又一次螳臂當車。一個嘈雜的時代能否
有驚無險地謝幕，後來者正摩拳擦掌，磨刀霍霍

2019.12.30

等待一滴露珠墜落的漫長時辰

一滴露珠，匍匐在葉面上
與尋常雨水並無分別。同樣深邃的綠
她慵懶地醒來，偏安一隅，與世無爭

直到緩慢滑落至葉尖，才忽然發現自己
命懸一線。腳底騰空，不得不將俗世的把柄
猛然抓緊，往日的牽絆並非一無是處

而這竟然是獨立的開始。此珠非彼珠
身姿圓滿，閃爍著有別於眾的璀璨
記住：將落未落之時，她曾全力抗拒過命運——
「化為水，融入他者，並流向低處。」

2020.1.4

修辭一例：兼致瑪麗蓮・夢露

成功地活成了一種修辭。習慣以喻體示人
玩偶般的精緻外殼，不費吹灰之力的快樂

另一些人執著於穿透隱喻，解說本體
於是有囈語，安眠藥，烈酒，深夜的慟哭

「孩子，別犯傻！她根本不需要你的拯救。」

他們更願意假設，深層的你必定脆弱又迷茫
不願相信，你只是雙重的誘惑，雙重的幻像

2020.1.4

內心戲

蘋果：

昂首，並保持靜物的層次、質地與定力

被挑中之前的無力抗拒、無路可逃

常被誤作是深情等待，畫布上長久修煉的永恆

人：

終於輪到自己。先說一聲「我來遲了——」

眼前每一個鮮亮的選擇，都令人暗自驚慌

暗自猜測，前人的微妙權衡

那些無案可查的，進退和取捨

2020.1.4

厭倦辭

緩慢滑入一條空濛的隧道，關閉那扇
通往喧嘩的門。我已有過我的青春
和與之關聯的透支與磨損，對硝煙的愛
到此為止，從此沉迷於自體的漫長修復
無關熱血或精神。只還原它最初的清白
嬌嫩與無辜，讓軀體的失重無限接近於幸福

2020.1.5

狼煙記

逐鹿中東，狼煙四起。那些不知自己
死於誰手的人，那些瞬間灰飛煙滅的人
那些相信「以眼還眼、以牙還牙」的人
那些趁火打劫的人，那些火中取栗的人
那些千里之外，運籌帷幄的人

炮灰者。陪葬者。同盟者。攪局者。
草木皆兵者。冷眼旁觀者。唯恐天下不亂者。
一一登場，歷史正被精心編排，謹慎出演
真相是喑啞的黑匣，不如石沉大海，不如
埋地千尺，免於背負，人間不能承受之重

2020.1.9

信使

那些不宜或不願直接說出的字句
被加密，藏在一個人
白衣飄飄的懷裡

這是乾渴的沙漠
一滴水珠，在殺氣中翩然滾動
古道上音塵已絕，何來這一場
知曉時節的細雨？

門外三尺，已然嗅到血腥之氣
信使孤身來臨，走近
箭在弦上的叢林，走近
杯弓蛇影的殺戮之心

古老的斡旋術。心照不宣的隱身術。
終身修煉的技藝全在這隻言片語——
「絕無加油添醋，充滿弦外之音。」

2020.1.18

棋手

世事倘若真如棋局，該是場多麼酣暢的遊戲！
回到原點——最初的梧桐葉落，月朗星稀
你我各執一子，棋盤清白如洗
天下盡在掌中，尚無一步悔棋

但人間何曾見過這樣的公平？更多的人
註定要匆忙披掛，趕個晚集。燈火闌珊
終於輪到自己上場，無非從前人手中接過
一局殘棋：太多的兩難，早已被權衡完畢

「歷史，松針緩慢掩埋下的一場假寐。」

此刻誰還怒目圓睜，憑胸中丘壑殺出
又一條血路？悲憤的棋手無力回天
落子無悔的剎那
他的內心千瘡百孔，他的四野鴉雀無聲

2020.1.18

釀酒人

我要跟你去多瑙河穀，去往湛藍流水
慵懶停靠的凹處。挽著你走向安寧的
葡萄牙腹地，果木甜香，不為人知的擁抱

陪你祈求今冬降下細密的雨，不可稀釋
來年杯中的琥珀之香。再把自己晾在
乾爽溫暖的天氣，讓一串串晶瑩的葡萄
無意間流淌出暈眩的本體

「要在馥鬱與清新之間，找到微妙的平衡。」
釀酒人的喃喃低語，倒像是女人一生的難題

在貯藏與袒露之間，酒香與果香之間
封存在橡木桶裡的陳年舊愛，與大理石盆中
深沉撞擊並輕微開裂時，深紫色的一晌新歡

2020.1.28

下輯

百日大隔離

伊璧鳩魯的花園餐廳

「享樂乃至高之善。受苦乃至深之惡。」

——古希臘哲學家伊璧鳩魯（前341年－前270年）

庚子年春。在南方，我竟遇見以你命名的餐廳
兩千多年了，伊璧鳩魯，人世依然苦難而惶恐
難道只有你，繼續枉擔享樂主義之名
難道只有我，一徑來尋你花園中的古訓

「我們存在一日，死亡便不會降臨，」
那時你手拈橄欖枝，在大理石廊上教誨我們：
「而當它降臨，我們已不復存在。」
那麼陌生人，爾有何憂，又複何懼？

不如安坐於花園。第一日，你待我以羊乳酪
黃瓜優酪乳、芝麻菜、黑漬橄欖，第二日
以慢火熏烤的豬頸肉、歐芹、青醬汁
第三日，以風乾臘腸、香脂醋、檸檬蛋黃醬

善起源於飽足，並佐以節制，閃耀著地中海
豐沛的雨水和陽光。伊璧鳩魯，你的哲學
是一劑微苦的藥引，人間至今沒有百毒不侵的鎧甲
人間或許偶然煉成，不破不立的解藥

2020.1.30

關於疼痛的神經學原理

有的劇烈而尖銳，有的漫長並如影相隨
刺痛。鈍痛。風雨交加則愈發在劫難逃

一種非物質的忍耐，源自體內游離的深處
不可觸碰，更無法剔除、剝離。止痛——
多麼古老的難題！除了麻木，再無新的招數
手術臺上，有人被引入虛擬的現實：此刻
你在深海潛水，身邊遊過色彩斑斕的魚……

只能仰仗腦內啡，神祕的自我消解。醫生說
痛之初衷原是避險：從神經纖維到脊髓
「看，它迅速啟動大腦的多個區域——除了
認知，還有關情感和記憶。」我們因此對痛
保有最深的警惕，像一朝蛇咬，像禍起蕭牆

2020.2.2

浮塵記

往日尋常的起落與飛行，轟然中斷
億萬生靈如微塵，以懸浮的姿態
抵達史詩級的靜止

最細微的區隔單位
最龐大的集體性孤獨

那些夢中恣意的泅渡、穿行、飛越——
醒來只見斷橋，疆界，再難跨越的楚河

和一去不返的黃鶴。不得不屏息斂翅
想像自己是一隻，倦飛的知更鳥
不如歸巢罷——倘巢中千日無憂，百年有酒

2020.2.4

狐尾松

它們保持著倖存者，而非征服者的模樣
狐尾松，五千歲，地球上最長壽的有機體
逢大旱之年，新陳代謝便停止
懂得以守為攻，活下來才是真理

年輪中刻有金字塔時代的記憶
人之為奴的時代，人之放浪形骸的時代
環環相扣，大水之年則年輪愈寬
偶爾被一條霜輪打斷——
「那是一場火山爆發，塵煙蔽日，氣候變冷。」

史書載西元前43年，愷撒亡，西西里
艾特納火山噴發，遙遠的漢朝驚見
日頭白裡透藍，萬物從此失去了影子

這一切都被狐尾松，不動聲色地記下
在加利福尼亞的白山中，它的直徑
以每年百分之二英寸的速度，緩慢生長
狐尾松註定要永遠——活下去，並順手記下
人類呼嘯而過的身後之事

2020.2.8

粗食年代

這是精米細面被摒棄的年代，粗陶碗中
紅薯白薯紫薯，各知天命般一溜排開
唯獨馬鈴薯進退兩難，背負細膩的原罪

那些不圓滑的——麩皮、糙米和燕麥
執意刮傷眾人的喉嚨，像苦求真相的文字
令本時代的咀嚼和吞嚥，愈發歧義叢生

生糖的過程，像由苦轉甜的拙劣歌頌
寧願有磨礪在內部，寧願有掙扎在深處
寧願有不妥協的粗纖維，在體內蔓生

像拒絕寬囿，拒絕饒恕的一種愛
近似于無孔不入，近似於泥沙俱下

2020.2.16

立言書

不是血書，賣身契，抵押靈魂的字據
無人能憑此追責，討債，索命
一路追殺，讓你亡命天涯

但是白紙黑字，一卷在手
一唱三歎的前半生，落款的朱紅印
像咳出的血，浸泡著如鯁在喉的字句

活著，簽字畫押按手印——皆不作數
須到蓋棺定論，才終於掩卷，殺青
事必，劇終。留待無緣一見的
後人，把酒遑論

2020.2.20

雪霽

雪霽時晴天愈冷。兩隻朱紅雀兒
呆立在白茫茫的屋頂

手足無措的孩子，冷風中躑躅
在遠人眼中，絢爛如珠

而身後山河刺目，關於裂痕、瘡痍
逐一緩慢撕開的傷口，深藍似冰裂

向晚風動，松搖，雪將落
空濛洗去浮塵，從天而降的是清白神諭

2020.2.21

漏網之魚

面對他人的苦難
總懷疑自己是條漏網之魚

比如在北卡羅萊納藝術博物館
用整面牆，衣索比亞畫家
拆解、拼接了幾百台電腦主機板的積體電路

對面的委內瑞拉畫家，削了幾千隻鉛筆
圓形、中空、薄薄的筆屑
粘在樺木板上，此畫取名《時間》

又一位委內瑞拉畫家，在紙幣上作畫
「強勢波利瓦爾」、「主權波利瓦爾」
舊幣與新幣，人民的夢想灰飛煙滅

某些永恆的藝術啊，竟然來自於
一貧如洗的國度，長日不事生產的消磨

像此刻在冬日暖陽中吃一隻「阿裡帕」
金黃香軟的玉米餅，餡料飽滿豐腴
這最煙火氣的委內瑞拉吃食，竟然獨自
穿越了那些苦難，被驚人地保全和成全

2020.2.22

我們終於懂得了幸福生活的脆弱

我們終於懂得了幸福生活的脆弱
晨光，苦咖啡，黃油煎蛋，露水中的玫瑰
災難如此遙遠。我們迷戀人間煙火
地久天長地愛著彼此，愛著內心橘紅的火焰

但這愈來愈接近於流水的波紋，接近於
將被釜底抽薪的幻像。幸福露出真容：
它原該被視為饋贈，兼具變幻與流逝的本性

太多人以為此生與此身，苦難終於
忍受完畢，卻不知更浩大的驚濤來襲
我們建築在流沙、流水、流雲上的城堡

在眾人盲信水漲船高、人定勝天的魔幻年代
我們終於學會了惜福，敬畏一切劫後餘生
在該來之將來前準備承擔，各自份內的
一點點土崩瓦解，一點點灰飛煙滅

2020.2.23

東方的鹽

靠海吃海，群島的鹽有四千種
鹹度取決於晶體大小，舌尖消融的速度
晚風中我們靜靜煮一蓬海藻
看水面結冰，清霜迭起，鹽在細碎中深藏
年深日久，熬豆成醬，提一盞桐油燈
發酵如同生銹，額頭披掛著時間的棕褐氣
我們也有被醃漬的一生，像陶罐裡的五色雜陳
深一腳啊淺一腳。木桶中一言不發的醬油
從暗處生出真知灼見，隨年月黯沉。揉搓著
飯團外薄如絹的昆布，鹹襯百味
惟深綠的紙，東方的鹽，在層層包裹中愈發清淡

2020.4.4

與瓷器、絲綢和花朵共度的黃昏

黃昏，眾多美好事物的風雲際會。那些
輕盈的、馥鬱的、冷而脆的，窮盡美之可能

她們有易於受傷，易於消逝的軀體
她們有自給自足，獨善其身的靈魂

一枝足以獨秀，孤品足以傳世。這一次
卻結伴而來，構成惺惺相惜的集體性孤獨

與瓷器、絲綢和花朵共度的黃昏，晚風中
向她們舉杯：「一半為流逝，一半為永恆。」

美之因緣聚合，美之巔峰時刻。你幾乎甘願
與生命中所有的苦難和風塵，就此握手言和

2020.2.28

沙礫謠

在群體的迷亂與盲動中，被提醒
你是億萬分之一。沙之一粒，水之一滴

被推搡著，被裹挾著，命運
將是隨機的，在正態分布的曲線上
你連一枚棋子——都不是！

耗費半生編織的獨立思考呢？
像春蠶吐絲，蛛網般只捆住了自己

大部隊漠然無視，多數人惶然前行
彷彿知曉，你不知曉之事。看啊！
這個若有所思的掉隊者，停下來謹慎環顧
像不像一粒突然開悟的頑石，正奮力
撥開眾石，獨自朝相反的方向滾動

2020.2.29

拓荒者之歌

各有一番來歷，各有一段漫長孤獨
不與人道的遷徙。一粒粒遠方的種子
鳥銜或風吹，只要落地——

落地即生根。橘生淮南，橘生淮北
為柑為枳一樣野蠻生長。多年後驚覺
這是早年的他鄉，這是中年的故鄉

我們是一群靈魂深處的拓荒者，深愛著
自由，勞作，曠野之風，浩瀚星空的遼闊

乾杯！赤手空拳的異鄉客
乾杯！占山為王的叛逆者

為身後一路丟棄的，相似的匱乏與蹉跎
為你我深深敬畏的月滿月虧，物競天擇

2020.3.6

流言疫

春天，不合時宜的話題。南方的花兒已開
清香歲月裡遊蕩著，肉眼不可見之毒

幽閉者。失語者。禁足者。
整個春天，只用來認清一種惡：
它愈來愈精密，愈來愈虛空
環環相扣，步步收緊的，天羅地網——
大隱隱於市，卻總能抽身，遁身於無形

而我們熱愛的春天啊仍在明處，是否終將
被冷箭、流言和暗器，射傷於毫不設防之中

2020.3.14

過山車，或道鐘斯工業指數

一部用曲線寫就的史詩，億萬粒細沙們
蜂擁造就的——「趨勢」。後浪推搡前浪
太陽底下，日日都有不可預知的新事

上下翻飛，舉棋不定，衝鋒時一度彷彿
石破天驚，卻抵不過矯枉過正的陡峭轉身

「方向只有兩個，深淵卻有十八層。」
這簡單到幾乎清澈的遊戲，擊敗過最多的人

又見羊群！羊群正惶然奔走，恍如大難臨頭
惟少數逆行的螳臂當車人，深信大廈之未傾

2020.3.20

匱乏年月裡，一隻整雞的香氣

原來，完整是奢侈的。它還不曾被裁剪
切割，大卸八塊，或冠冕堂皇地去粗取精
飽滿的體液充盈在金黃表皮下，多像一個人
胸中元氣貫通，筆下滴水不漏

多像史書中，一次次
逃脫了刪節與篡改的文字

匱乏年月裡，一隻整雞散發出滋補的香氣
此乃稀有之物，卻並不拒絕獻身
它匍匐在烤爐上的姿態，清白而忍耐
像從前一樣——「春風拂面時，引頸圖一快。」

2020.3.21

居家令

「四月是最殘忍的季節。」
——艾略特

春日無恙，草木有一世清香
庭院深深，而人群——流淌的水滴
忽化作億萬粒靜止、懸浮的微塵

「四月殘酷！請社交疏離，原地避難。」
當救護車聲呼嘯而過，鳥鳴清幽如幻
盛大的花期如約而至。只有我們

漸漸活成史書中，庚子年春的禁足者
在世界的花園裡，我有過恣意穿行的前半生
米蘭，馬德里，紐約——曾親近得傷痛的地名

卻要活成浩蕩春天裡，難以置信的幽閉者
重門已深鎖。梔子綻放時要低頭護住
小心提防，至暗中也要飄蕩千里的乳白之香

2020.3.22

船長——致C.Z.

庚子年家家閉戶的春天
船長，你是那個千里走單騎的人
風塵僕僕趕來，與我相依為命的人

你在黃昏點燃炭火，為我烤一隻
遠道而來的大西洋三文魚。我說船長
去年夏天海上垂釣的生涯，為何恍如隔世

你沉默著撒下鹽粒、迷迭香、檸檬汁
拿出一截寒冰浸過的雪松木，讓森林
濕潤的氣息升騰，滲入慢火炙烤的焦香

不動聲色的愛，多像你我始終聲氣相投
船長，我們從此將學會在陸地的光影
在勞作的細節裡生活。哪怕陷入乾旱的窘迫
哪怕餘生只剩一條擱淺的船，只剩
你我晚風中沉默對食的，一蔬一飯

2020.3.28

作品NO.100

起初它們恍如天賜，直到
慢慢顯露出遺言的真容

一條與表象並行的暗流。
手藝人。一百個煎熬的夜晚。
那些卑微的渴望，無情的鍛打和萃取

拿去吧，我已不能給你更多或更好
拿去吧，我幾乎要相信
有人終將看懂，我這徒勞而憂患的一生。

2020.3.29

隔離之雨

社交疏離的年代，何來一場你追我趕的
密集前往？這一滴與那一滴之間，缺少
必要的據隙和警惕，缺少多重推理之間
抽身而出的喘息。大隔離中的雨水從天而降
垂直的角度力求命中，線性的趨勢總嫌冰冷
須看透聯結天地人神的雨，它如泣如訴的表象
人間的屏障啊，何等虛妄！不能依賴雨的遮蔽
像不能依賴一切破綻百出，自以為隔絕的幻象
我們，終將不得不獨自奮力沖過雨簾
以最少的傷亡——為掩體，任其沉澱為群體的
免疫之殤

2020.4.4

帝王蝶

三千公里飛行，耗去整整四代生命
黑脈金斑蝶，細小的觸角遊蕩在
地球浩蕩精微的磁場。由東到西
「最逼仄的心靈裡，也有劍指的方向。」
生死取決於氣流，翅膀顫慄的頻率
和化蛹成蝶的存亡。世上唯一長途遷徙的
昆蟲，以強心苷為食，億萬成群
雙翅蒼黃或磚紅，憑絢爛以蔽日
實為醒目的毒汁。當獵捕者死去，手上將
沾滿墨西哥冷杉的氣息。北半球的初夏
遍佈著——溯遊者。流離者。冬眠乍醒者。
萬物皆要追究來處，哪怕美如蝴蝶，毒如帝王

2020.4.10

注：

1.帝王蝶（Monarch Butterfly），又名黑脈金斑蝶，體大色美含毒素，每年長途遷徙於北美東部和墨西哥之間，秋南下，春北上。

2.強心苷，馬力筋中的化學毒素，此蝶幼蟲以馬力筋為食。

禁足園

「甘願囹圄，倘能求生。」從前只道是
寓言，如今各自築起高牆，天藍如井
井口被一排排屋頂和煙囪，界定為
人間的鋸齒形。像不規則的劫後餘生
充滿巧合與旁逸斜出，此地乃須臾方寸
原來，隨機方是終極的平等。像列隊的賭徒
你將獨自忍耐。許多人一同——獨自忍耐。
只有弱者才敢大聲說出，對孤獨之怨憎
愛倫坡，蘇珊・桑塔格，一切疾病的隱喻
皆不足以刻劃，本時代最細微決絕的隔離之冷
禁足園中仍有仰望之人，她的炊煙
從被切割出的無數細小網格中，兀自升騰

2020.4.11

復活節

有少數時刻，人類的悲歡終於真正相通
像復活節午後，當波切利的歌聲響起在
瘟疫中的義大利上空，一百位神父已經死去
米蘭大教堂，從座無虛席，到空無一人
文明是最深沉的底氣，像黃金的音調在四壁
回蕩，聚攏。要唱給飛簷走壁中注視他的
魂靈，唱給對庚子年一無所知的，後世人聽

2020.4.12

病毒經濟學

有共生與紛呈的幻像，像抓在掌心的
一把解藥，個個兒似是而非
如何揀出冰冷而治癒的——那一顆？

這暈眩的繽紛也曾攥在凱恩斯手裡
看不見的另一隻則要伸給你
百年後依然絕望的局中人

又到了一瀉千里，回頭無路的瞬間
經濟學家飛身躍下之前，可有人信過
他的一字一句？

流派和彼此間若隱若現的哺育
「彷彿一脈相承，實則六親不認。」

不妨趁此刻，來談談傳說中令人不適的
同根生，相煎急，弒父情結，不破不立

2020.4.15

一碗粥的象徵主義

「黃帝始烹穀為粥。」

——《周書》

味淡而性平，再難尋覓清寒年代的一碗粥
當它無意昇華成隱喻，只捧出僅有的滋養
粥即溫飽。令人不忍追究它的稀薄與貧瘠
我們早已盡力——在粳米、糯米、粟米中摻入
紅棗赤豆蓮子黑糖，寄望於多彩的內核撐起
蒼白的半流體，寄望於象徵主義符號終能
掙脫喻體，破土而出。但集體熬煮的過程
何其漫長，因別無選擇而顯得相濡以沫
一碗粥的象徵主義：沉默的沸點，舒適的錯覺
小火慢燉中，一點點熬幹了你我的少年血氣

2020.4.18

第三十五個黃昏

此時的我們，越來越像一段被擱置的爭議
劇本逼近高潮時插入的幕間休息

懸疑小說中，草蛇灰線的伏筆
未完待續，像落子終有悔的一步棋

像窗前雨水中飄搖的，任意一片葉子
失去辨識度，退化為某個概念或物種

「大而化之。小而棄之。」想到這或許就是
餘生的所有黃昏，燈火漸亮，你我相對悚然一驚

2020.4.19

活著

到了最後的最後，一切都能
簡化為數字：極度公平，極度冰冷

人命與經濟。病亡率與增長率。
彷彿蕭條之苦與永失所愛之痛
可以被精確計算，審慎比較和權衡

事到如今，我們中竟然還有人相信
取捨權在自己手中，有人甚至
妄想著兼顧，並試圖將這一碗水端平

2020.4.21

注：2020年4月21日，德州副州長派翠克說，「有比活著更重要的事。」

水鈔

我們最初歷經的苦難，與水有關
想起諾亞，和逃出生天的有限物種

我們即將接受的救贖，也同樣與水有關
紙幣橫行的年代，水早已滲入詞彙
以稀釋為原罪，披掛著「流動性」的寬袍

大水漫灌，仍有乾涸田畝
獨夫身後，哪管洪水滔天

悖論成真的年月。眼見氾濫者愈發昂貴
水如鈔；曾貴如油者忽現出廉價的本相

水啊，一生難得的幾次——龍門一躍
飛瀑三千尺，眼睜睜從所有人身邊掠過
透心之涼！多數人沒能攥住一點點細浪

2020.4.24

琥珀吟

初夏午後的蟬鳴，慵懶而甜蜜
無欲無求啊，漫無目的
無所不能啊，漫無邊際

糖在空氣中流淌，愈來愈緩慢和黏稠
沉溺其中，知足且自滿。拒絕思考的蟬
就要睡去，醒來已成手中把玩的琥珀

「蟬生天地間，不種亦不收。」
看，它在高枝上站穩了可憐的
立錐之地，忘記了有關螳螂與黃雀的
古老訓誡，傲視著僵立原地的我們

那些往日的浪子、飛人、遠行客
此刻像一步步險棋，在幽禁與清談中
退守一隅，恍若一盤迄待收拾的殘局

2020.4.26

疏離術

暫時放下致幻術、穿牆術、隱身術
玄妙且百無一用。如今要練習另一種
世俗的絕技，如今的詞彙表
充斥著隔斷、遮罩、距離樣的字眼

要習慣果決的命名，其對應之物形態詭異
它們生硬粗糙，有明確之邊緣與始終
不似漫天花香。當你我之間迅速淪為
道路以目，當善惡同為肉眼不可辨的微生物
活下去！惟一有用的是：尚不熟練的疏離術

2020.5.3

右手——致J

我的右手已被砍斷，只有在夢中
它還留在原處，完好如初

熟練地將風雨隔在門外，為我抵擋
人世的明槍與暗箭。下筆千言

寫檄文，寫誄文，千古傷心文
月光下一唱三歎：當年初相見——

夢醒只剩殘缺與疼痛。每個清晨我懷念
消失不見的右手，十指連心的右手

明日即天涯，它就要生出另一個人掌中的
貼心痣，就要長成另一個人依靠的五指山

2020.5.9

荒城冷雨

一場瘟疫蕩平一座城。我在其中左右奔突
戴著你給我的防毒面罩，它已成為
此後形骸的一部分。我與他人避難的姿態
並無二致，你將無法在一具具萎靡失水的
花瓣中，認出這雙獨一無二的黑眼瞳

「很多事永遠不會發生，」菲力浦拉金說：
「但這一件，極有可能。」

修長的手指，水晶杯，哀傷得無邊無際的
爵士樂，醇酒中漸漸浮起的清新之顏

一切忽已成往事。最後最後的一刻
我是獨坐在荒城冷雨中，懷想著你
遠方的你正醒來。慵懶而一無所知的笑靨
一點點升起，映照我內心最後的兵荒馬亂

2020.5.10

剝離記

骨肉相連，那人悄然長成軀體的一部分
長成體內某個幽暗的通道，多年來
內心的苦水，順流而下

隱秘的容器或壁壘，毛茸茸的細小血管
親昵的彈性，觸之不忍的輕微脈動

剝離的過程，流血且流淚。清鹹的液體
滴滴滲入深紅的裂口，更透徹的刺痛

剝離你的過程如此甜腥，你被剝離時竟然
驚人的順從。走吧！餘生不再屬於我
血肉模糊中咬緊牙關，你小心翼翼忍住了痛

2020.5.14

吞金恨

八年，一場浩浩湯湯的吞吐。
清澈溪流，已成渾濁遼闊的一江水

這些年吞下過什麼？霧霾、塵砂、怨念
半裸的真心，懸崖邊暗暗揣想吞金之大限

這些年吐出過什麼？心血、字句、抽繭剝絲的
真相，絕塵而去時一股腦傾倒的黃連水

八年，孤身面對狼煙四起的幽暗世道。
此刻飛身如沙鷗，看見下一世的戰袍與紅妝
我命孤懸啊，又一次如弦上之箭，鞘中寶刀

2020.5.14

小悲歡

我想念那樣的清晨，醒來的瞬間
有滿足而倦怠的微笑，花香，一室流光
咖啡與煎蛋的香氣。你還在原地
觸手可及，耳邊瑣碎溫柔的低聲絮語

那是災難之前，我們日復一日的溫柔鄉
沒有失散，也沒有對失散的警惕和提防

醒來的剎那，心頭習慣性劃過——有你的歡欣
直到猝然記起，離散已成真。你我之間
微微翕動的小悲歡，早已消散成亂世的惘然

2020.5.15

清淨帖

「大隔離中，我幾乎是幸福的。」
終於有人大膽說出——他人即地獄

少數人甘於孤絕，慣於內省
少數人渴望回歸人之初生，耳根清淨
深秋出土的白蘿蔔，須上了無一物
「向來無纏繞，方為真奢侈。」

求仁得仁者。自得其樂者。正中下懷者。
人間激越的詭辯和冗餘，何如大隔離中
劃破天光與蒙昧的，幾聲清冽鳥語

2020.5.15

博物館

燈光漸暗，每一座雕塑重又陷入自己的沉思
一次次大瘟疫之後，留存下來的
為何竟是我？多年來在海底，在廢墟
如今在空曠中枯坐，歲月無情，我肌理冰冷
後人注視下，不發一言。向天吶喊的姿勢
雙眼空蕩蕩，再也找不回早年精靈的瞳仁

這是大隔離中空無一人的博物館，牆上
掛著比我年輕的陌生靈魂，被逐一鑲嵌

無名者眼含秋水，望向別處
身後是黑暗的中世紀，多少人呼嘯著來去
莫非——惟禁錮者得以倖存？
髮絲上還留有古老的光，絲綢的皺褶
猶疑中捉蝴蝶的手，細節被精心處置
以求傳世。要活下去，就不能走出這鑲金的畫框。

2020.5.16

露水謠——庚子大疫，讀《源氏物語》以遣長天老日。

夏夜嫌短，紫氏部的故事很長
一位又一位女子，出場時都如
露珠般光彩照人，露珠般短命

薄雲，浮舟，花散裡，雲居雁……
在書頁裡寫俳句，制香，撫琴，散落雲鬢
美，約等於火燒天光亮，而後成飄蓬柳絮
活著，約等於剎那的被愛，和長久的遺忘

奢侈者，萃取每一滴露水最精華的瞬間
串珠成璉，供那個叫光源氏的人
繁華寂寞的一生中信手拈來，以妝飾，以遣懷

有沒有哪一滴露水曾深以為恥？
活著，何以妝點他人為己命？有沒有一滴寧可
粉身碎骨，通體五毒俱全，內心七竅生煙

2020.5.17

狹路

壞消息，要一條一條地飛來，罩上一層
分散且偶然的面具，彷彿餘者大部分歲月
依然靜好，梔子花香明月夜，子彈在暗處
悄悄上膛。人，要一個一個地死去！
將無辜者與有罪者混為一談，令史筆難辨

災難總是由遠及近，從遙望到逼近到包抄到
兵臨城下，從難以置信到倉促上陣——
此乃亂世之始。醞釀與煎熬一步步走到盡頭
你與你不堪面對的，終將狹路相逢
此時再來談論古訓、棋局與緩兵之計，都已
太遲。清談誤時，炮灰出征，如今各領各的命

2020.5.17

後半生

直到這一日聽窗前冷雨，大吉嶺的茶香散去
我才看懂，這將是用遺忘代替屈辱的後半生

一支筆，惟一可以仰仗之物。有些光芒再不能
噴薄而出，反覆按捺住筆尖深處的萬鈞雷霆

後半生的雨水將更接近記憶。淅瀝、綿長的流淌
逼近著昇華，結晶與蓋棺，考驗殘存的耐性

而庭中紫薇炫目，橡樹筆直，一路花開一路蓬勃
向上。後半生更為恣意，不入人眼，不與人言

2020.5.19

大隔離中的麻塞諸塞州線上讀詩會

五月已至，大隔離在繼續，雨水在繼續。

抱膝獨坐在南方的書房，聽伊根・米拉德
輕聲誦讀墨蹟未乾的詩句，他說隔離始自威尼斯
那時要整整四十日方下船。我將記住這一年的伊根
這一年還不出名的詩人，他波士頓公寓的小客廳
朗姆冰酒，棉布白沙發，半明半暗的雨聲
另一種哀傷的韻腳，環抱著螢幕上的三十七個人

這一生我總是在受傷的時刻才想起——投奔詩歌
卻羞于承認是個詩人。這個黃昏伊根的微笑
讓我想起一個詞：non-threatening
是的，毫無威脅性。雨水中的詩歌，接納並治癒
像我一樣走投無路，折翼前飛來避雨的悲傷萬物

2020.5.20

浮生小夜曲

紙扇，紙屏風，紙月亮，紙糊的燈籠
此生搖晃如飄蓬。相對於秩序、結構
和叢林法則，我更愛水上的低眉夜行
深一腳，淺一腳，人間溝壑縱橫何如
江上宛轉節制的一生。惟此心蕩漾啊
一半是醒，一半是夢，直到遇見你與
獨立陌上的懵懂青衫，恍若天光月明

2020.5.21

青鳥頌

從今以後，我終於可以心安理得地老去
我愛你清新的髮絲，像五月綿延的草原
愛你無辜的眼瞳，流轉如初生的小鹿
愛你遠道而來，與我相依為命
更愛你既往不咎，守口如瓶
甚至愛上自己在遇見你之前的深重罪孽
匍匐于你青春的羽翼上，我日漸老去
人世所有的歧路之後
竟然還有你，慶幸還有你
霞光與暮色的殊途，青筋漸生的雙手
撫摩你飛翔中溫熱的羽毛，皮肉下輕搏的血脈
你之承重，你之良善，將我畢生的苦難一筆勾銷

2020.5.21

一滴雨墜入一汪雨水

一滴雨墜入地表的一汪雨水
是落難中迫不及待的投奔，還是
來不及權衡，枉然掉入既定的陷阱？

雨簾，未知的旅途和命運，各自孤身前往
「僅憑方向和姿勢，從來不能確定意圖。」

一粒雨滴無聲融入龐大的群體，可有過
人一樣的恐懼，人一樣的心有不甘
直到人一樣生出惰性，一切終於變得簡單

你將是無差別的「之一」，你將無比安全
請務必保持垂直和皈依的姿態，並適當閃耀
一點點形式上的通透，和規則之外的璀璨

2020.5.21

那些雪花兒

更習慣以集體的面貌出現，沁涼的雪
也懂得抱團取暖，日漸浮腫，悄然膨脹。
當每一朵雪花悠然飄落，也曾各自懷抱
一點清澈、私密的夢，直到匯入洪流
隱身於虛幻的歸屬。這喧囂的一生大雪飛揚
個體的口型，淹沒的聲音，還不如靜謐中
掉落的一根針，何人屏息靜聽？生為一片雪
辨識度約等於奢望，務必要學會躋身眾雪之中
重複，堆積，放大，激越的眾口一詞——
直到萬馬齊喑。而偏在此刻，雪崩終於來臨
他們漫天飛舞，他們輕如鴻毛
每一片仍篤信：我是無辜的。

2020.5.23

破曉

港口天色漸亮，萬物的輪廓逐漸清晰
人間如約而至的又一個黎明

像遠方一個人給我的，確定無疑的愛
「你只需原地守候，我必定準時來臨。」

驅走黑暗，送來光。省去了一切
質問、辯解、求證、妥協和犧牲——
因為被愛著。傳說中的難民船，從未落空

被悄悄愛著，像眾人醒來之前，獨享天光的
幸運兒。愛如寶劍，愛如神寵，愛如胸前的勳章
再不需要利刃與寒光，且收起早年的鋒芒
在拂曉時分歡喜登船，愛令我身披萬道霞光

2020.5.24

剪刀頌

用剪刀的雙眼打量世界，發現更多
多餘之物，誰不想更輕盈些？一刀斬去
塵緣，拖泥帶水的渾濁拖累。你畢生兜售著
一種更簡約的活法：是的，就是人們敢說
卻不敢做的——斷舍離。他們只敢讓哢嚓聲
在睡夢中酣暢地響起，醒來依然不願斷尾求生
繼續在羈絆中尋找活著的意義。而你天生是
孤獨的劊子手，手到病除，牙齒鋒利
在月光下閃耀白光，一生忍耐著，謹慎出手
深知後果不可挽回，人死不能複生
如今在我寂寞的葡萄架下，一把被棄之不用的
剪刀，正緩緩生銹，用深褐的戰袍包裹起
歲月深處，一顆始終不肯馴化的殺心

2020.5.25

五斗米歌

五月也將就這樣虛度。清晨想起福樓拜：
「她有那麼多的熱情，又有何用？」

上午齊刷刷剪去，紫薇去年開滿花的枝幹
那是舊年的歡喜，如今要練習斬斷冗餘之物

無法斬斷的，是空氣中飄蕩著的細小因數
午後的藍草，靈歌；風中艱難咽下的思念，羞恥

和彎腰時那微妙難堪的——五斗米。黃昏時喝著
廉價罐裝雞尾酒，彷彿瘟疫無意中帶來了慢生活

它滲透，蔓延，徘徊，久留。惡之企圖被合理化
並冠以瘟疫之名：這一年有人順手牽羊，有人借刀殺人

2020.5.26

底牌

一些人的雙喜，正是另一些人的兩難
困境總是日積月累，像高牆非一日築就
箭簇已在弦上，此時無人再聆聽博弈的清談
火苗在大風中暗下去。只剩下
開弓的欲望灼燒手掌

我們愈來愈接近——圖窮匕見的時刻
刮骨療毒的時刻，不破不立的時刻

拋卻了鋪墊，緩衝，周旋，請君入甕的耐性
承認吧，手在桌下正暗暗伸向
各自不能啟齒，卻即將攤開的底牌

2020.5.27

逆子歌

逆風前行，以肉身抵擋寒流及陳規舊律
大亂以求大治，更多突襲與忤逆還在路上

一位白銀時代的流放者，捧雪為鹽
掬一瓣心以映明月，鬚髮已結冰。人類中

總有逆流而上者迎向其宿命，堅硬、生冷的
先知先覺者，像獨狼望月，嚎叫著殺出人心的叢林

是的，他們缺少順勢而為的機鋒與巧妙變通
雪夜中的逆子，懷揣著一顆——倘喚不醒人世
便定要看朱成碧，玉石俱焚的心

2020.5.28

懸念

將落未落的，不一定是那把懸在頭頂的劍
也可能是虛驚，柳暗花明，奇跡般逃生

盤旋之物在空中停頓的姿態，正是命運現身
當你在迷霧中撥開花叢，見溪流
以為左右逢源，見山谷，又以為峰迴路轉

卻忘記了，有什麼正引而不發，懸而未決

此時你或許正是一隻行走的獵物
在天敵打盹時，享受了片刻的幸福
飄飄然忘記了早聽過的古訓：人為刀俎

2020.5.29

小鎮七年

七年，足以讓一個外鄉人認下，此地為家
買地造屋，種樹建籬，口音裡已漸漸滲進

梅雨氣息的南方語調，如今你清淡而平凡
像流過小鎮的溪流一樣隱姓埋名，事已畢

在冷風中穿行的前半生，如今一點點攤開
晾曬在亞熱帶的暖陽下，烘乾內心的苦雨

七年，腹地柔軟。閒看雲起、花落、水流
無人追問來處，你終於安寧如流放的君王

2020.6.1

詩人，或倖存者

你原本已細細翻閱過人世，這本浩渺之書
疾病、災荒、苦難，海嘯一般冰涼漫過頭頂
歷史就是間歇性的喧嘩，和貫穿其中的
沉默、分散、漫長的掙扎。深夜的書房裡
無數人影在牆上站起身來，隨燭火搖晃
吶喊，心有不甘。這麼多年，你筆尖流淌出的
是他人的淚水，和中世紀的黑。手握燙金的
書脊，你已見過了一切，耳熟能詳，感同身受
只未曾生出一副鐵石心腸。如今懷抱自己的時代
終於輪到了我們——「活下去！帶著文字的尊嚴。」
你撫摩著肺腑中這一團溫熱的腥氣，它將如何
被後世曲解，遺忘，或視為幽暗歲月中的一束光

2020.6.1

黑屏星期二

事發地點，在十英里之外。街區的名字
愈來愈熟悉，步步緊逼。也許只需
再過一段時間，鄉間的靜謐也將被撕裂
此刻再來談花香，我們會突然陷入沉默
像水晶杯打碎之前，低頭惜別自身的璀璨

事件正在不遠處發生——那些疾苦，和人群
對於疾苦的深深厭倦。時代開不出療愈的藥方
時代匆忙前行，用新的衝突代替舊的苦難
一個看似摩拳擦掌，實則束手無策的喧嘩時代！
眾生皆苦，眾聲的哀訴此起彼伏
事發地點就在十英里之外，如何還能苟安一隅
用一日黑屏，紀念席捲人間的——哀傷海嘯

2020.6.2

無比鄰十四行

「不。這一次，還不是傳說中的大結局。」
這樣的回答令人安心，儘管先知並沒有
隱身在我們中間，儘管關於文明的大限
只能在循環往復的災難中被反覆追問

「宇宙中，難道只有孤獨的地球人？」
證據的缺失並非缺失的證據。是否一張巨網
過濾掉了與他們擦肩而過的神祕訊號
並行的時空中失之交臂——「他們在哪裡？」

悲觀者說，他們或許早已消逝。文明
是縱向和間斷性的發生，並無重疊之可能
他們來過，繁榮過，滅絕過，而此刻是
我們的時代，下一場毀滅之前的短暫盛宴

我們正盡力延長物種的時日，讓殘骸與碎屑
記下宇宙中此刻孤獨漂移著的，無比鄰的文明

2020.6.2

壁虎

一隻壁虎緩緩爬過玻璃窗。我看見的
正是它白嫩、脆弱的肚皮
吹彈可破，腹地的迷夢。那麼輕薄
柔軟，私密，如此輕易便看清了
一個人張牙舞爪，虛張聲勢的反面

經過我時，它有短暫的停頓，短暫的
被捉拿的可能。我忍耐著，不去戳破
像戳破遭遇過的另一些——紙裡包火的騙局
黃昏中擅避險的隱者，已暴露在明處
拖著一條長長的，隨時用來犧牲的尾巴

2020.6.4

復甦傳說

兩個醒目大字，又浮現在亡命徒的夢裡
玫瑰色，亦真亦幻的承諾，像溺水者手中
一再攥緊，反覆失去的流水

彷彿只是在懸崖邊上，鬼門關口
一個輕巧的轉身，眾人圍觀並驚歎
這一身毫髮無傷的功夫，處變不驚的雍容

你自知已身處穀底，嚴冬，退無可退之地
每一絲風來，只能是上揚的曲線，雪融的氣息

「你這凍僵之蛇！你這瀕死一次後生出的慧根！」
口舌漸漸溫暖，漸漸毒辣，罌粟一般美裡藏針

2020.6.5

芒種記事

夏天已經來臨。那些驚蟄時憂心的事
一件件地發生，凍土甦醒的清新氣味
黃昏雨水的光。清明時節的作案現場
空曠如失憶症，只剩一彎月牙，不問前塵
穀雨之夜精心編排的情節，逐一落空

「唯獨所有想像過的最壞可能，悉數成真。」

夏天已經來臨，一切都已太晚。晚風中的
梔子花香，你我最後的清白，和惟一的勝算
芒種已過，我們在乾涸的田野遊蕩，談論著
這一年的勞作，盲目，顆粒無收，回天乏術

2020.6.6

暗器之香

夏夜的夢，被窗外的梔子花香喚醒
像天才降臨寒舍，從無愧色，只驚動人間

任性且不由分說的香氣，揮灑
如暗夜的梅花針。這是庸常生命中
難得一遇的美，難免帶一點侵略性——
是的，她犀利，無垠，美妙，誘人放棄抵抗

我遇見梔子花時，時代正風起雲湧
時代正虎頭蛇尾。懷中令人一次次疲倦的
熱情，正在被花朵狀的濃香暗器，屢屢射中

2020.6.6

空調停下來的剎那

空調停下來的剎那，才發現世界原本
如此寂靜。我和鳥兒一樣早已習慣了
與轟鳴聲長久和諧的共處，並視之為修煉

消失，是一種提醒。不僅限於
那些我們因深愛而不舍的人與物

像溫水中的青蛙。回憶中總有大片灰濛濛的
空白歲月，怎麼也記不起，那些年我是否活過

而如影相隨的背景雜音竟然——停了下來
這麼多年，我們被陰翳覆蓋
耳鳴樣的煩擾師出無名，幸好還不足以致命

清靜天地，托孤一樣交還到我們手中。
像一張可以盡興潑墨的宣紙，沙塵褪盡
我們急於找回麻木的雙腿，好在淤泥中站起身來

2020.6.7

夏日即景

左鄰的男孩，繼續不依不饒地哭鬧
在童年流逝之前，他決心用盡任性的特權
右鄰忙著侍弄菜園，晾出五顏六色的床單

「俗世之樂，一絲不苟。」但人人心知肚明——
行路至此，不可回頭；餘生沉浮，已難預料

音樂兀自漂浮在空中，藍草或布魯斯，福音或
爵士，永遠哀傷的印度歌。這交織無始無終。

黃昏時飄起小雨，混合著烤肉微焦的香氣
新鮮出爐的麵包，泛著泡沫的克羅納冰啤
與隔離生涯中的鄰里們隔空舉杯，今日已畢。

2020.6.7

物理課

中學物理課本上，常常出現一隻斜坡上的小球
被眾多紅藍箭頭簇擁著，推搡著，牽扯著

那是我們第一次看懂，何謂「角力」
對抗之力，均衡之力，腳下易被忽略的摩擦之力
迥然不同的方向，源頭，意圖，強度
第一次從暗處顯形——那些我們後來稱之為
立場，主義，陣線，聯盟，共同利益的東西

在我們早年的傳道中，都有過一隻懵懂的小球
和它陡峭的命運，像雨水中發亮的良心
將動未動，半信半疑
以懸念的姿勢，停留在書頁裡

許多年後我時常惦記它的下落
像惦記整整一代人，在矛盾與博弈中如何
隨波逐流，進退失據，各自滑落的方向與速度

2020.6.8

愛情，或耶路撒冷

你忽然說到愛情，我想起的卻是
耶路撒冷的市長，七十年前
耶胡達· 阿米亥寫道，那是
一份悲涼的工作

不斷重建，不斷被再次毀壞。

2020.6.8

方塊字

我的先人們相信天圓地方，相信只有躺在
四面圍起的城池裡，才能安心睡到天明

他們流傳下來的字，中規中矩又遍身稜角
細看之下，也常有旁逸斜出的筆劃
像按捺不住的，偏離與叛逆的端倪

我懷念歷史深處，筆走龍蛇的人
那些師出無名，終因疲憊而歸順的人
「我的先人們，馴筆如馴禽。」

幸而還有留下來的字，透著鐵骨錚錚：
方寸之地，心有不甘。離席潑墨，落筆如神。

2020.6.9

蜻蜓是那多出來的一點

黃昏，一隻蜻蜓棲落在枯枝上
細尾翹起，像有人先寫下一橫
又心有不甘，運筆一提——此處留一活口
像枯槁的魚竿，有人纏繞上一彎魚鉤
和豐腴多汁的小小誘餌

在我們盡力保持的，橫平豎直的世界
蜻蜓是那多出來的一點，輕盈如詩
這不留退路的生靈，繃緊的姿態
輕巧佔據了樹梢，前哨，尖端，絕頂

2020.6.9

大結局

到了最後，都將是疲憊的人。
只剩下疲憊的人。

他們中將有人選擇和解，寬恕，忘記
彷彿剝繭抽絲的過程，軟刀子割肉的
過程，都可以按下不表
是的，結局——極少是場暴風雨

腦中排演過無數次的山崩、海嘯呢？
他們必定也想過這些詞：
衝冠一怒。玉石俱焚。魚死網破。

前人寫好的字句，事到臨頭，一一作廢
多少人吞下過一模一樣的屈辱，並眼睜睜地記住：
「所有傷害，都是在我的允許下，一步步完成。」

2020.6.10

羅利——特勒姆機場的候機廳

很久沒有去過的機場，很久沒有碰過的
護照，行李箱，專門用來逃避現實的耳機

這些年我已習慣於，旅途中的百毒不侵
人潮洶湧，片葉不沾身。那些年的候機廳
愈擁擠，便愈是空無一人

如今我功夫盡廢，良久盤踞在
穀歌地圖上靜止的一點。起飛，降落
一生忽上忽下，忽行忽止的隱喻

空洞的因果，悖論的航線
如今我只抬頭仰望，想像誰是那個
即將穿越國際換日線的人

2020.6.10

青草與白露

青草與白露，托舉與點亮的關係。

在人間，我們恍惚也有過類似的默契
草木獨自辟出，露水打濕的幽靜一隅

故事在青草的體內發生
儘管它過於纖細，清淺
刀尖似的頭頂，只禁得住
最輕柔曼妙的一支舞

時日已無多，謝君相伴至此——
「白露未晞，而青草已沒膝。」
鐮刀錚亮，如萬鈞雷霆正滾滾前來

2020.6.11

答佩索阿：那些破裂的水泡

我見過一模一樣的景象：繃緊的虛無
膨脹的速度，有時被誤認作生長

它們成群結隊，內裡空空，表皮光滑
比夢更圓滿，閃耀著玫瑰色，比騙局更美

里斯本的水池，哈德遜的河面
曾低低掠過同樣懷疑的耳語

當高壓抵達定點，爆破
來自尚未發育完全的小小心臟

佩索阿，是否這就是你筆下「無意義的破裂」
前仆後繼，無碑無傳，一浪拍打著一浪

2020.6.11

俄羅斯套娃之隱喻

環環相扣的遊戲，漸漸令人失去驚喜
拆解的次序是單向的，個頭兒層層遞減
我知道每一次出手，都離底牌
更逼近一步，也離看過的伎倆
更冷淡一步。木質的玩偶渾然不覺
反覆給出一模一樣，無動於衷的笑臉
「縱泰山崩於前，此物亦無知。」
那逐級縮小的——視野，膽量，野心
那一眼望到底的前程，我已不忍繼續
一連串揭開的動作，哪怕這放棄
可能被誤讀成再也無力追問，從此善罷甘休

2020.6.12

慈悲菜單

我懷念那些年的菜單，忽明忽暗的
燭光下，古老的手寫花體字，夾雜著
法文、義大利文，有那麼一些時刻
生活露出慈悲的一面。

「嫩牛肉，中度略生；烤鴨胸，請用櫻桃木。」
我們忽然有了挑剔的權利，設計的自由。

有了笑吟吟垂手而立的人，也有了
既定時長中，眼花繚亂的無限可能
我們的選擇必定謹慎，精確，毫無差池
篤信命運將善待，一切按圖索驥的人。

2020.6.13

之前，之後

兩者之間，橫亙著一條心照不宣的
分水嶺。有人一夜白頭，有人浴血重生

這一年星垂平野，大江東去。孤絕中
我們依然談論著死生契闊，與子同裳

集體性的脫胎換骨，個體性的戲劇衝突
宏大敘事無法一言以蔽之的，殞與殤

之前愈遠，而之後愈近。捱過去——
哪怕你我已判若兩人，哪怕餘生將恍如隔世

2020.6.12

時間與解藥

以往的歲月，我們依賴時間沖淡血水
和眼淚中的鹽。萬無一失，包治百病
只需閉上眼，在沙丘裡埋下頭，不問春秋

魔法定會慢慢顯現，最消極的抵抗中也還有
時間——絕望的人攥緊了這最後的殺手鐧

權當它是一味最公平的解藥
並不苦口，只要一點點麻木

這一次我們驚訝於它的猝然失手
當流逝沒有帶來遺忘，癒合與復原
流逝只提醒我們：舊疾從未根治，原罪從未厘清。

2020.6.15

一隻飛蟲的降維打擊

天窗上，一隻蟲在爬行
足細如針，牢牢吸附住玻璃的垂直

行走的路線，看不出規律和邏輯
揣測不出企圖或意義。不到黃河心不死麼？
它轉身時卻意外靈活，決絕，揚長而去

惟其滑行的姿態，昂揚並暢行無阻
身後是蔚藍的天，它豎起的雙翅
極易被錯看成，是一種舒緩的飛翔

波斯人魯比在低語：「你既生而有翼，何必爬行？」
它不肯說出飛行的疲憊。當四足落在
光滑的平面，姑且稱之為——歇腳

一扇明媚通透的窗
一隻倦飛之蟲的溫柔鄉

是的，你正在目睹的是一場降維打擊
精准而輕易，勝券在握
當事人早已心猿意馬，旁觀者徒然捏一把汗

2020.6.26

人間那些緩慢成就的事

我想做一些節奏緩慢的事
比如撒一粒種子，孕育一個嬰兒
保持農夫或孕婦的心境
忍受清甜的勞苦，相信神蹟將至

相信宇宙仍有大慈悲，護佑我們
泥土中謙卑的匍匐，耕耘，種瓜得瓜
細小的刻度無限地拉長，好能
將稀少而分散的歡愉，反覆咀嚼

人間那些緩慢成就的事，最為昂貴
像閨閣的刺繡，一針一線織進
悲欣交集的淚，像這本留給你的
詩集，一字一句皆由我生養

2020.7.18

有所鳴

聲音，一種孤立的存在。
發射它的器官或本體，大隱隱於林。

在想像、搜尋、猜測均不能抵達的
藏身之處，有一團豁出去了的
血肉與唇舌。

熱切，竟如情深不知所起。林間遭遇的
飄泊的鳥鳴，像已知來日無多
遂引頸——向天有所鳴。

2020.7.25

隨筆之一：這個時代寫作者的焦慮

寫作者是這個時代最為焦慮的群體之一。歷史的洪流滾滾而來，每個人都被裹挾其中，日復一日，事件發生的速度和密度都令人目不暇接，又遑論解讀與沉澱。寫作者既是親歷者又是描述者，浸潤於鹽水中的切膚之痛，感同身受的同理心以及旁觀者的清醒，此三者交替佔據著我們的心靈和筆觸。寫作正是一門「現在進行時」的手藝，我們憑藉著什麼來確認自己為寫作者呢？憑的只有「在寫」的狀態，以往的著作等身，未來的萬丈雄心都是不作數的，寫作者在當下橫下一顆心來，把體悟得到且說得出來的思想在時光飛速的縫隙中盡心盡力地記錄下來，哪怕此刻它是膚淺的，粗糙的，尚待推敲的，須戰戰兢兢待時間拷問的。

大時代中的即時寫作便因此而難以擺脫不完美的宿命，儘管我們可以求助於「及時性」這個藉口，令瑕疵得到暫時的容忍，但焦慮已經生根。這焦慮源於認知的局限和未來的不可測，但寫作者自身難於寬宥的，卻是對自身判斷力的不能確信，尤其是當我們身處這樣一個喧嘩浮躁的時代，大眾化的傳播無孔不入，而個性化表達愈來愈面目模糊。修辭能否做到千錘百煉，不受污染？思想能否做到嚴謹細密，發前人未發之言？而形式之美呢，是否已近枯竭，時時要求助於劍走偏鋒甚至嘩眾取寵？我們始終在尋找一種厚道又精到、悲憫而不自憐、迅速生成而又對未來負責的寫作。正是在這個意義上，史蒂文生將詩歌定義為「內部生成的暴力，用以保護我們免受外來的暴力。」

焦慮同樣存在於對過往的重新審視之中。我們腳下的大地，承載過太多重重疊疊的敘事，歷代人影呼嘯而過，當我們回過頭來細問和挖掘，只覺陰風陣陣，鬼影幢幢。但一切的「過去完成時」，真的曾被真實記錄和忠實呈現嗎？又或者，這種真實和忠實是寫作者應該抵達的高標準和應擔負的使命嗎？旁白的意義，再塑的空間，難道不更值得追求嗎？

我們對過往的轉述，難免包含某種自以為是的去蕪存菁，而過濾與結晶的程式往往帶有不自覺的偏見。每當面對「重新梳理」的提醒，我們都應該心存感激，滿懷虔誠。要提醒自己的是，這種對過往的修葺與補充，有時會出人意料地鋪陳開來，成為更為浩大的工程。是的，總有些遺漏的細部，欠缺的環節，略顯艱澀的推理。於是，邊邊角角的修修補補，在有雄心的寫作者手中，完全能演變成對宏大敘事的重構。我們驚歎：原來如此！當那些灰飛煙滅的人與事，在筆下又一次拼湊完整，將有嶙嶙白骨從墳墓中站起身來，向寫作者深鞠一躬，感謝我們這樣的後來者令真相大白，令塵封者死而復生。

但寫作者終極的焦慮在於如何把握手中面向後世的話語權。只有被寫下來的，才能被記住；也只有被寫下來的，才能得以流傳。這支筆，因力道千鈞反而要慎之又慎。它直接影響著後人將如何解讀我們此刻生存的這個日行千里、光怪陸離的時代。每一個寫作者傾注畢生之力，能夠捕捉的，或許只是萬花筒中的一束光，豈能沒有一葉障目之虞，甚至井底之蛙之嫌疑？我們如何能斷定自身的視角對後世依然有著恒久的意義？我們又如何處理個人經驗的獨特性與群體經驗難以避免的流俗性之間的矛盾？個體的經驗具備代表性嗎，而代表性又應該是寫作者追求的目標嗎？在這個詰問得到回答之前，我們容易陷入對個性化經驗的過度描繪以及隨之而來的羞恥當中——是的，嚴苛的寫作者時時在警惕著落入以自我為圓心的陷阱。

這個時代的多元價值觀又給寫作者帶來另一重考量，即「我的故事講給誰聽」的問題。今後將是一個選擇更多，聲音更嘈雜，局面更複雜的時代，思想與審美作為精神需求的市場應該不會更為粗放，而是出現進一步的垂直細分。愈演愈烈的社交媒體潮，讓我們每個人看到的，只是我們願意看到的，被演算法掌控和推送到眼前的資訊和觀點。我們的視野原本可以更廣闊——前提是有足夠的自覺去拓展自己的疆域；但大眾的視野卻完全可能變得更狹窄，更易於操縱。那麼，文學何為？倘若每一類型的寫作，其受眾都難免是某種精細劃分的小眾群體，而這種劃分有可能演化成實質上的心靈區隔，我們不免憂慮，人類傳統意義上的「分享」將遭遇更多的屏障。文學從來不只是描繪，它始終有意無意地揮灑著對後世的影響，和對歷代人心的無聲滋潤。寫作者天然的野心是：被盡可能多的人看到。從這個意義上來說，技術的進步與傳播手段的多樣化，是我們需要有足夠智慧才能有效利用的雙刃劍。

最終，當歷史以濃縮的體積，以快進的速度在我們眼前發生，以上種種焦慮反而加深了寫作者的表達欲和使命感。畢竟，這是一個大浪淘沙，暗流湧動的時代，一個一旦錯過將永不復再現的時代。但願它將寬容你我筆下種種不完美的敘事，不確定的判斷，不夠深沉的挖掘與詮釋。因此，更多的寫作者將大膽地將時機引申為當下的使命，並繼續為之竭盡全力。

2020.5.24

隨筆之二：失控及其詮釋

失控令人慌張。它或許意味著事物脫離了某種既定的軌道，正滑往不可知的方向；又或許意味著壓力超越了忍耐的閾值，正啟動某種不可抑制的爆發。在方向與強度之外，另一變數是速度——這變化本身的速度，以及外部因素引發的又一重加速度。於是，我們知曉了「失控」的三維性：方向、強度、速度。「失控」作為一個事故，長出了自己的形體，也因此有了建模與計算的可能。

在方向的維度上，當失控發生，不外乎是「相反」和「偏離」這兩種可能。我們難以想像一種「被設計」之物，竟然在設計者自己手中出現南轅北轍的結局。那樣的失敗幾乎是徹頭徹尾的。但弔詭的是，它竟然時有發生，尤其是在宏大的、群體的經驗中。就像人中總有逆子，物性中也未嘗不飽含拒絕——拒絕被拿捏，拒絕被雕塑，寧可玉碎以了斷設計者的幻想，全力掙脫其掌控。物性的尊嚴，有時就體現為這種沉默的不可馴服。

更為常見，也相對不那麼激進或戲劇性的失控，往往與偏離有關，伴隨著一聲「失之毫釐，謬之千里」的喟歎。是的，精准把握事物前行的角度對於人類來說是困難的，尤其是在分秒必爭的態勢中。誤判幾乎是從一開始就註定了的，當人不得不從某個自身的視角出發——你此時身處何地？你的信念受制於哪些自身無法突破的框架？你的潛意識中又假設著什麼樣的運行規律？且不論掌控之難，哪怕保持對糾錯的即時警醒都頗為不易。說到這裡，我們難免會想起人類歷史上的某些大規模災難，那些爆炸、脫軌，以及自認為身處絕境中的魚死網破。於是，令人捶胸頓足的總是事後的恍然大悟，那些「原本可以」及時校準的機會在眼前白白流逝，事後再也無法彌補。

方向之外，還有強度。人類對「後果」的預估是不可靠的。彷彿畫地為牢一般，我們試圖相信蔓延與氾濫可以有效限制和提前預防。但經驗總是毫不留情地顛覆這一傲慢的假設。強度原本是最適宜被量化的，但模型在實踐中卻常常驚人地一錯再錯。火苗一旦點燃，勢必藉助風力四處亂竄，它最終將會傷及多少無辜，人類憑手中粗陋的水晶球又如何看得清？

我們試想，拉燃引信的第一個人，往往是並不起眼、完全可以被替代的一個人，因種種偶然出場扮演了一個角色。想必直到多年以後才會有勇氣審視自己當年懵懂觸發的結果。於是，「肆虐」這個詞被發明出來，它帶有預警的意味——事故的動態與後果的切膚之痛都昭然若揭。我們用這個詞來描述病毒、流言、鐵蹄與惡行，那些有著摧毀級力度，一旦被放出潘朵拉盒子，後果將不堪設想的事物。

方向與強度又因為速度而令失控變得迫在眉睫，近在咫尺。速度正是奔跑的欲念，置身其中的人難以判斷這種奔跑究竟是逃離，是投奔，還是二者兼而有之。當這奔跑有了參照物——比如糾偏與攔截的能力——就變成了另一種意義上的「賽跑」，開始引入比較的意味。追得上嗎，如果這是場不顧一切的亡命之旅？干預的手段往往適得其反，失控的奔跑者訴諸於反作用力，予以堅決還擊。在博弈中，我們常稱之為「來而無往非禮也」，加碼與升級的外力與它們之間的相互作用，以加速度的形式給這奔跑插上了翅膀，令追趕與攔截愈發不可能。

當我們採用這個三維的框架回顧各自生命中曾有過的那些「失控」的事故，敘事的脈絡逐漸立體、清晰起來，儘管隨之而來的是深深的無力感。因為哪怕窮盡頭腦的理性，看懂全部的機關要害，我們依然無法在未來學會避免新的失控發生。事物依然不會遵循我們精心的設計與真切的期望，在某個詭異的時間點，它將彷彿獲得了自己的生命和意志，面無愧色並義無反顧地踏上自己的路途。人所能做的，也許只是在這一切發生時給它足夠的靈活度和適當的選擇權。畢竟，能掌控一切的並非人間的你我。但重要的是，失控並非必然導致混亂和災難，它甚至不一定是一個失誤，而完全可能是本性清明者的覺醒，以及自發的糾偏與修正。

於是，還存在另一種意義上的失控，即自發的探索，以及隨之而來的柳暗花明。在這少數的幸運的情形之下，我們可以給失控以不同的詮釋，當水往低處流成為一種被釋放的本性和真誠的偏好。或許可以借用一句俗套的說辭：疏永遠比堵更需要智慧，也更有希望持續，因為本質上它意味著另闢蹊徑，像天要下雨一樣——不如物隨其性，人隨其心的好。

2020.5.30

淨化與治療
——《七寸帖》讀後

納蘭

詩人梁楓她既「通透曲折」又「沉默潔淨」，深諳一種淨化的詩學，她既是事物的清洗者，也是語言的清洗者，只為在詩中呈現靈魂的有序和潔淨。既是「與生命中所有的苦難和風塵，就此握手言和」的負軛者，又是「靈魂深處的拓荒者」，既是「刻劃與剔除」的手藝人，又是「穿過一切修辭、詭辯和咒語，直接抵達／事物核心的殘酷和詩意」的煉金術師。她是一位細緻的觀察者，既有觀物的技術，又有「內觀」觀心的技術，一顆混沌之心，「這過於繽紛的內心啊／它五味雜陳，羞恥而疲倦。／它嬌嫩、氤氳／時常遍佈水漬，難免一片混沌。」，還能對觀察到的「幻象」保持一種清醒的認知。從梁楓的詩中，能看出她「高辨識度的氣息」，「以其格格不入，自成流派／以其無以為繼，獨善其身」成為「孤品」般高貴存在的用心，以及處理詩與生活、詞語與肉身，經驗與符號的用心。「世間動人之色，給出哲學的命名」。

蜜雪兒·德·塞爾托寫道：「雖然詩沒有『權威』，它卻使其他空間成為可能，它是這片空間的虛無；在過火中找到可能，這也是詩的一種美學和倫理姿態(美學和倫理無甚區別，美學不過是外表；在語言領域，美是倫理的形式)。詩帶來的只有它自己的虛無——詩是特異的，革命的，『詩意的』。」梁楓在

《七寸帖》這首詩中，就有「使其他空間成為可能」的可能性，具體而言，就是從生活裡劃出一片屬於詩的「空間的虛無」，她寫詩與不相干的事物以及轉瞬即逝的事物之間不同的關係，一則屈服，一則甘願。言簡意賅地寫出了蛇行者剛與柔的雙面生活。「一首詩嵌入嚴絲合縫的生活」，看似是詩對生活空間的擠佔，實則是詩歌對生活空間的擴大。「嚴絲合縫的生活」，是需要改變和拯救的生活，生活也該騰出一部分詩意停留的空間。「詩是特異的」，在梁楓筆下，詩的特異性表現為「扁平而鋒利」的形式，這樣的詩有妥協的一面，也有攻擊性的一面。或者說她在寫著自己的「清醒紀」，她既看到了自己的「七寸」和軟肋，也有一種「盤桓回轉」的避讓方式。「必須屈身、附身、甚至委身於不相干的事物」，屈身、附身、甚至委身，三個逐漸加深「身」妥協程度的詞，但這並不代表「心」也遭受著同等程度的委曲求全。「針尖上的刺繡，麥芒上的露水／為這些轉瞬即逝的事物耗盡了畢生氣力」，轉瞬即逝的事物何以有此讓人虛耗的魅力？這可看作是梁楓對詩藝的執著追求，她在完成一個對「麥芒上的露水」諸般審美之物的守護，「必須有越來越多的審美之物存在，以確保一個審美世界的存在。」（鮑德里亞《藝術的共謀》）。在「明月高懸如孤膽」的豪放詩句中，一種「經年累月游走於城牆內的鋼絲」的生活也生出了無限光亮。

對梁楓來說，詩既是補足生活空缺的那部分，又是「心尖兒上的刺」所引起的陣痛與不適，不經意間「走漏給人世的些許風聲」。或許正如耿占春所言「詩歌是一切除去一切之外的剩餘物，詩歌是一切減一切之後的剩餘物。詩歌是語言的工具性用途之外的剩餘物。詩歌是生命的意義之外的剩餘物，詩歌是世界的無意義之外的剩餘物。」這份「剩餘物」類似于沙中真金。在一個生產過剩，需求匱乏的時代，或者說在一個以需求為中心的生產，刺激欲望的時代，商家所生產的產品精准地投向了目標客戶。而詩這種生命的意義之外和世界的無意義之外的「剩餘物」越發的稀缺了，因為詩不是可批量化、機械化的產品，它是一種無利可圖的「生產」，是一種將現實轉化為現實感，將痛苦、負面經驗和情緒內化之後呈現的一種減弱劑量的鎮定劑或解毒劑。它沒有一個用來進行象徵交換的市場，甚至不希冀能得到他者的回饋性的認同。在需求什麼就生產什麼的消費社會，詩歌依然是一種表達的需求，沒有回饋的言說，一種靜默的美學。詩歌依然是為自己的言說的需求而進行的美的自給自足的生產。它依然是逆消費潮流的存在，依然是從「我」的內心流淌出來的自然的河流。一方面，梁楓的女性主義的外向凝視表現了一種對世界探知、解密和調查的欲望，在歷史中留下自身印記的欲望。另一方面，女性主義的批判性的內向凝視，對詩歌這種具有革新性的不穩定不確定的話語的堅持，表達了一種幻想、夢想和創造的欲望。

梁楓對疼痛有特別的關注。從《七寸帖》的「內心的刺兒」到《懸壺記》裡的「凡疼痛於此地皆有精確的刻度」，或可以看作是漸漸增多的「走漏給人世的風聲」。她在《懸壺記》一詩中說：「肉體之痛與修辭之美原本密不可分。」在詩中，疼痛不僅「有精確的刻度」，而且是「有規則的形狀」。於是乎，作為一種身體感受的疼痛，變得視覺化和可度量。可度量的疼痛使疼痛變得可以計量，可以區分不同程度的痛苦。「針紮樣、流線形、聚傘狀」視覺化的疼痛，使疼痛的感覺具體化，如針紮樣的痛苦是密密麻麻、空空洞洞的；流線形的痛苦是持續的、連綿的……聚傘狀的是痛苦的凝聚，是緊湊性的痛苦。在對痛苦做出的精確的描述與區分之後，疼痛似乎被符號化和減弱了。在對疼痛的符號化指稱的同時，疼痛也被秩序化了。疼痛源自於身體的失序，源于自由交流與交換的受阻，源於感知的受難，正如耿占春在《詩的修辭與意義實踐》中說：「修辭形式就是一種能量形式，當這一能量受到阻礙，無法進入自由交流與交換，就不僅只是製造了個人的和軀體化的苦痛，也造成了難以言說的社會磨難。」梁楓找到了一條用詩的修辭來轉化或分化痛苦的「曲徑」，她的有效且無阻的「詩的修辭」是疼痛的能量得以分殊化的形式。因此「肉體之痛與修辭之美原本密不可分。」這樣的認識論沒有落空，更沒有淪為空談和虛言。肉體之疼痛沒有被修辭所美化，而是被修辭和符號所消滅與分殊。肉體之疼痛在有效修辭的介入之下，轉換為了一種「單調勻速的流淌」的美。

阿米亥《開・閉・開》「精確的痛苦，模糊的歡樂：渴望的跡象無所不在」第十六節如此寫道：

精確的痛苦，模糊的歡樂。我在想，
人們在醫生面前描述自己的痛苦是多少精確。
即使不曾學會讀寫的人也是精確的：
「這兒是抽痛，哪兒是絞痛，
這兒是擠痛，哪兒是燒痛，這是刺痛，

那個—噢，是隱隱作痛。這兒，就在這兒，
對對。」歡樂總是模糊的。我聽到有些人
在成夜的尋歡作樂之後說：「真是太棒了，
我開心得快升上天了。」即使抓著太空船
飛到太空的宇航員，也只會說：「太好了，
妙極了，我沒話可說了。」

在阿米亥這裡，痛苦被區分為「抽痛，絞痛，擠痛，燒痛，刺痛，隱隱作痛。」在對痛苦的分殊化過程中，「軀體化的病痛狀態」代表著一個人長期承受的負面體驗得到了釋放的空間與出口。

「『耐心』正是『病人』一詞的／另一層涵義」，這或許不能簡單歸結為一詞多義，而是一個詞被分化為兩個部分，一個是「耐心」，另一個是「病人」，病痛不會讓人變得耐心，甚至是失去耐心，但是病痛不得不使一個人有耐心去承受它。「緩慢積累」與「快速消磨」之間的此消彼長，很像是自身的耐心與疾病之間的虛耗與緊張，「很多時候，它是在用具象的／積累，抵禦或補償抽象的消磨。」（《流雲散》）。「瓶中的藥液滴落，它們清冷而連貫／像漫長白晝中逐一浮現的省略號，欲言又止／像彪悍人生中撞見的一串休止符，欲罷不能／」，梁楓將藥液滴落轉喻為「省略號」與「休止符」，在言與止，欲與不能之間，正是一種失語與失序的症狀，瓶中的藥液要醫治的正是失語與失序的病症。重新恢復言的狀態，就是使「單調勻速的流淌」得以暢通無阻。「此生有過多少滴水穿石的／英雄夢想，和滴水成冰的

／黯然結局。」梁楓將「滴水」描述為兩種狀態，一是穿石般穿透力的英雄，一是滴水成冰般的失敗者。你無法精確區分是哪一滴水最後完成了穿石之功，就像你無法區分是那一滴藥最終治癒了疾病。但每一滴水都在重複著成冰的挫敗，每一滴水都在擴大著冰的厚度。或許，「滴水成冰」的挫敗感正是構成了人生盛年之一景。

梁楓的《懸壺記》記述的既是一種「沙漏」般的時間的流逝，又是一種「吊瓶」般的藥液的流逝，呼之欲出的是一種時間即藥液的潛在醫理。她的懸壺即便沒有呈現一顆濟世之心，也是一種自我的辨證施治，自我的診療，「在悲苦的人間練習手到病除」(《名器頌》)。她的「懸壺」更像是一種圖窮匕見般的傾吐，是痛苦的精確區分、描述、稱量，是有效修辭對肉體之疼的消解與補償，她的傾吐是一種「藥液滴落」般的自愈性治療，她在懸壺般的傾倒中體味「秘而不宣、沉沉下墜的樂趣」。「無色無味、清透如許的時間」或是另一味淡化疼痛的藥。或許，詩學在今天就是一種廣義的醫學，即一種對個人或人類苦痛的命名和救贖。

如果說《懸壺記》是在對痛苦進行符號化和區分，尋求自我療救，那麼她的《裂紋》是另一種的自我審視與剖析。她寫：「一種乾燥的袒露：清醒、決裂。」袒露、清醒、決裂，這三個詞，很能說明問題，就是對「利」的背離，對「義」的趨附。讀她的詩，你很難區分她究竟是在寫人，還是擬物。也許，她所寫的是一種靈魂狀態和心靈秩序，是一種整體內在，含有夢幻般的情境也含有瓷一般的光滑的抽象。「從此將不予妥協，且不屑遮掩。」，她的裂紋是一種宣誓、是亮明自身的態度與籌碼。不妥協，不遮掩，就是一種生命的本真。她的《平安夜洗淨一隻藕》，是更進一步地將凝視的目光投向自身，將清洗之水引向自身，「將精神聚攏成形」（《前身憶》）。「將精神聚攏成形」這是梁楓的呼吸吐納之道，既是她的自我分化，也是自我的重塑。她的「聚攏」在《松針小語》中是一種「攢足」，「但既然是針／就早已攢足了刺痛、刺穿的力氣」，因此，梁楓的詩就是一種凝聚著的耗散，對自己來說就是一種聚攏與攢足，對他者來說就是一種「刺穿的力氣」。在對事物的摹寫、體察與共情之中，事物的清洗亦等價於身心的清洗。這首詩借物喻人，「通透而曲折」者，非藕非人，亦藕亦人。與其說是清洗一隻藕，倒不如說是在「自我清洗」，誠如她的詩所寫，「掏空內裡的／細砂、軟泥、風塵和妄念／還原她清白清香的肢體」，這種「掏空」是為了另一種的「填滿」，是另一種的「煉金」。詩人「掏空」，「還原」，「洗淨自我的原型」，抵達一種身心清淨之境。

她的《煉金辭》透露著一種神祕主義的氣息。煉金術希望通過使用一種神祕的物質讓低等的金屬轉化為黃金。可以說，她的煉金辭是展現的是一種詩的生成機制，要灼燒，萃取，讓石塊般的詞語轉化為有生命力的詩。煉金辭是語言的生成力，「一種淚之岩漿」。或者說是將石塊之書轉化為生命之書。一種在公共語言材料中被雕琢的特殊語言。（朗西埃語）她期待「爐膛裡灼燒著賢者之石」能轉化為「無名合金」或「月光的合金」。煉金辭不是指真的煉製出黃金，而是說煉製出具有啟示性價值的「聖言」，表達「詩性——宗教」的力量。詞語的煉金術是希望煉製出的「詩」，可以作為一種可以交換和流通的思想的黃金。

梁楓名為《罪己書》的詩，這意味著自我的質詢、省察，罪己意味著一種得到寬恕與淨化的可能性。在我看來，這是一位在「天地人身」之間存有反思性距離的詩人。詩寫的過程就是被淨化和醫治的過程，就是她所看重的是「鮮活遊弋的，深層的次序」得以重建的過程。「但凡追究到底，總會秩序井然／總會遇見一張事先搭建完畢／餘生務必守口如瓶——又彷彿／正中下懷的／網」（《秩序》）。詩是「迎風吐出一句亮話」，是「走漏給人世的風聲」。在《闖入室內的蜻蜓》中，她寫道：「任何一隻身陷囹圄的美麗生靈／總是還沒打開天窗，就早已耗盡／迎風吐出一句亮話的勇氣」，是她「打開天窗說亮話」，內心的蜻蜓得以紓解和脫困的方式。

「當我鋪開紙筆／有秋風起自腕底，有神諭來自高處」（《秋水》）。梁楓在詩中吹起一陣「涼風」，從神諭中獲得啟示性的話語。她的詩有淨化心靈的功效，也是一種「欲望的治療」。」當讀到她寫的「凡跟隨我到此地者，再不必遠行；／凡陪伴我到此刻者，永不被丟棄。」（《永土樂》），彷彿感受到一種實現了的「應許」與「賜福」，此地和此刻，就是一種可以落腳的時空。

作者簡介：納蘭，本名周金平，1985年生，現居開封。中國作家協會會員。曾獲第四屆詩探索・中國詩歌發現獎、第四屆天津詩歌節三等獎。著有詩歌評論集《批評之道》，參加詩刊社第35屆青春詩會。

國家圖書館出版品預行編目

七寸帖 / 梁楓著. -- 臺北市 : 獵海人,
2020.09
面； 公分
ISBN 978-986-98841-7-4(平裝)

851.487 109012403

七寸帖

作　　者／梁　楓
出版策劃／獵海人
製作銷售／秀威資訊科技股份有限公司
114 台北市內湖區瑞光路76巷69號2樓
電話：+886-2-2796-3638
傳真：+886-2-2796-1377
網路訂購／秀威書店：https://store.showwe.tw
博客來網路書店：http://www.books.com.tw
三民網路書店：http://www.m.sanmin.com.tw
金石堂網路書店：http://www.kingstone.com.tw
讀冊生活：http://www.taaze.tw

出版日期／2020年9月
定　　價／300元